JULES VERNE

Ce grand écrivain français (Nantes 1828-1905) est le créateur du roman scientifique d'anticipation.

Très tôt, il se passionne pour les découvertes scientifiques.

En 1863, il publie *Cinq semaines en ballon.* C'est le premier des cent un volumes des *Voyages extraordinaires dans les mondes connus et inconnus.*

Dans ses romans, Jules Verne entraîne ses lecteurs dans toutes les parties du monde. Il leur fait faire *Le tour du monde en quatre-vingt jours,* les conduit en Amérique du sud, en Australie, en Nouvelle Zélande avec *Les enfants du Capitaine Grant,* en Russie avec *Michel Strogoff,* en Hongrie avec *Mathias Sandorf...* Les aventures maritimes sont les plus nombreuses: *L'île mystérieuse, Un capitaine de quinze ans...* Son imagination nous entraîne aussi vers des lieux inaccessibles: *Voyage au centre de la Terre, De la terre à la lune, Vingt mille lieues sous les mers...*

Aujourd'hui encore, ces voyages extraordinaires, remplis de héros passionnés et épris de justice, font rêver les adolescents.

MICHEL STROGOFF

JULES VERNE

Texte abrégé pour la collection Tournesol Junior

© 1988 SUSAETA, S.A. - MADRID
ÉDITIONS RONDE DU TOURNESOL S.A.R.L.
11, RUE DE LA LIBERTÉ - 78200 MANTES-LA-JOLIE - FRANCE
TEL. (3) 094-53-72 - TX. 699525 EDISOL
IMPRIMÉ EN ESPAGNE PAR SUSAETA EDICIONES
DÉPOT LÉGAL: 1988
LOI 49-956 DU 16 JUILLET 1949 SUR LES
PUBLICATIONS DESTINÉES À LA JEUNESSE

D. L.: M-30.618-1988 - I. S. B. N.: 2.7367.0369.3

PREMIÈRE PARTIE

I

UNE FÊTE AU PALAIS-NEUF

—Sire, une nouvelle dépêche.
—D'où vient-elle?
—De Tomsk.
—Le fil est coupé au-delà de cette ville?

—Il est coupé depuis hier.
—D'heure en heure, général, fais passer un télégramme à Tomsk, et que l'on me tienne au courant.
—Oui, Sire, répondit le général Kissoff.

Ces paroles étaient échangées à deux heures du matin, au moment où la fête, donnée au Palais-Neuf, était dans toute sa magnificence. Pendant cette soirée, la musique des régiments de Préobrajensky et de Paulowsky n'avait cessé de jouer ses polkas, ses mazurkas, ses scottishs et ses valses, choisies parmi les meilleures du répertoire. Les couples de danseurs et de danseuses se multipliaient à l'infini à travers les splendides salons de ce palais, élevé à quelques pas de la "vieille maison de pierres", où tant de drames terribles s'étaient accomplis autrefois, et dont les échos se réveillèrent, cette nuit-là, pour répercuter des motifs de quadrilles.

Le grand maréchal de la cour était, d'ailleurs, bien secondé dans ses délicates fonctions. Les grands-ducs et leurs aides de camp, les chambellans de service, les officiers du palais présidaient eux-mêmes à l'organisation des danses. Les grandes-duchesses, couvertes de diamants, les dames d'atour, revêtues de leurs costumes de gala, donnaient vaillamment l'exemple aux femmes de hauts fonctionnaires militaires et civils de l'ancienne "ville aux blanches pierres". Aussi, lorsque le signal de la "polonaise" retentit, le mélange des longues robes étagées de dentelles et des uniformes chamarrés de décorations offrit-il un coup d'œil indescriptible, sous la lumière de cent lustres que décuplait la réverbération des glaces.

D'ailleurs, le grand salon faisait à ce cortège de hauts personnages et de femmes splendidement parées un cadre digne de leur magnificence. La riche voûte, avec ses dorures, adoucies déjà sous la patine du temps, était comme étoilée de points lumineux. Les brocarts des rideaux et des portières, accidentés de plis superbes, s'empourpraient de tons chauds, qui se cassaient violemment aux angles de la lourde étoffe.

Le principal personnage du bal, celui qui donnait cette fête, et auquel le général Kissoff avait attribué une qualification réservée aux souverains, était simplement vêtu d'un uniforme d'officier des chasseurs de la garde. Ce n'était point affection de sa part, mais l'habitude d'un homme peu sensible aux recherches de l'apparat. Sa tenue contrastait donc avec les costumes superbes qui se mélangeaient autour de lui.

Ce personnage, haut de taille, l'air affable, la physionomie calme, le front soucieux cependant, allait d'un groupe à l'autre, mais il parlait peu, et même il ne semblait prêter qu'une vague attention, soit aux propos joyeux des jeunes invités, soit aux paroles plus graves des hauts fonctionnaires ou des membres du corps diplomatique qui représentaient près de lui les principaux Etats de l'Europe. Deux ou trois de ces perspicaces hommes politiques, physionomistes par état, avaient bien cru observer sur le visage de leur hôte quelque symptôme d'inquiétude, dont la cause leur échappait, mais pas un seul ne se fût permis de l'interroger à ce sujet.

Cependant, le général Kissoff attendait que l'officier auquel il venait de communiquer la dépêche expédiée de Tomsk lui donnât l'ordre de se retirer, mais celui-ci restait silencieux. Il avait pris le télégramme, il l'avait lu et son front s'assombrit davantage.

—Ainsi, reprit-il après avoir conduit le général Kissoff dans l'embrasure d'une fenêtre, depuis hier nous sommes sans communication avec le grand-duc mon frère?

—Sans communication, Sire, et il est à craindre que les dépêches ne puissent bientôt plus passer la frontière sibérienne.

—Mais les troupes des provinces de l'Amour et d'Iakoutsk, ainsi que celles de la Transbaïkalie, ont reçu l'ordre de marcher immédiatement sur Irkoutsk?

—Cet ordre a été donné par le dernier télégramme que nous avons pu faire parvenir au-delà du lac Baïkal.

—Quant aux gouvernements de l'Yeniseisk, d'Omsk, de Sémipalatinsk, de Tobolsk, nous sommes toujours en communication directe avec eux depuis le début de l'invasion?

—Oui, Sire, nos dépêches leur parviennent, et nous avons la certitude, à l'heure qu'il est, que les Tartares ne se sont pas avancés au-delà de l'Irtyche et de l'Obi.

—Et du traître Ivan Ogareff, on n'a aucune nouvelle?

—Aucune, répondit le général Kissoff. Le directeur de la police ne saurait affirmer s'il a passé ou non la frontière.

—Que son signalement soit immédiatement envoyé à Nijni-Novgorod, à Perm, à Ekaterinbourg, à Kassimow, à Tioumen, à Ichim, à Omsk, à Elamsk, à Kolyvan, à Tomsk, à tous les postes télégraphiques avec lesquels le fil correspond encore!

—Les ordres de Votre Majesté vont être exécutés à l'instant, répondit le général Kissoff.

—Silence sur tout cela!

Puis, ayant fait un signe de respectueuse adhésion, le général, après s'être incliné, quitta les salons, sans que son départ eût été remarqué.

Cependant, le fait grave qui avait motivé ces paroles, rapidement échangées, n'était pas aussi ignoré que l'officier des chasseurs de la garde et le général Kissoff pouvaient le croire. Quelques hauts personnages avaient été informés plus ou moins exactement des événements qui s'accomplissaient au-delà de la frontière. En tout cas, ce qu'ils ne savaient peut-être qu'à peu près, ce dont ils ne s'entretenaient pas, même entre membres du corps diplomatique, deux invités, qu'aucun uniforme, aucune décoration, ne signalait à cette réception du Palais-Neuf, en causaient à voix basse et paraissaient avoir reçu des informations assez précises.

Comment ces deux simples mortels savaient-ils ce que tant d'autres personnages, et des plus considérables, soupçonnaient à peine? On n'eût pu le dire.

De ces deux hommes, l'un était anglais l'autre français, tous deux grands et maigres, celui-ci brun comme les méridionaux de la Provence, celui-là roux comme un gentleman du Lancashire. L'Anglo-Normand, compassé, froid, flegmatique, économe de mouvements et de paroles, semblait ne parler ou gesticuler que sous la détente d'un ressort qui opérait à intervalles réguliers. Au contraire, le Gallo-Romain, vif, pétulant, s'exprimait tout à la fois des lèvres, des yeux, des mains, ayant vingt manières de rendre sa pensée, lorsque son interlocuteur paraissait n'en

avoir qu'une seule, immuablement stéréotypée dans son cerveau. L'Anglais était un correspondant du *Daily Telegraph*, et le Français, un correspondant du... De quel journal ou de quels journaux, il ne le disait pas, et lorsqu'on le lui demandait, il répondait plaisamment qu'il correspondait avec ''sa cousine Madeleine''. Au fond, ce Français, sous son apparence légère, était très perspicace et très fin; il ne se livrait jamais.

Sa loquacité même le servait à se taire, et peut-être était-il plus serré, plus discret que son confrère du *Daily Telegraph*.

Et si tous deux assistaient à cette fête, donnée au Palais-Neuf dans la nuit du 15 au 16 juillet, c'était en qualité de journalistes, et pour la plus grande édification de leurs lecteurs.

Il va sans dire que ces deux hommes étaient passionnés pour leur mission en ce monde, que rien ne les effrayait ni ne les rebutait pour réussir et qu'ils possédaient l'imperturbable sang-froid et la réelle bravoure des gens du métier.

D'ailleurs, leurs journaux ne leur ménageaient pas l'argent, le plus sûr, le plus rapide, le plus parfait élément d'information connu jusqu'à ce jour. En un mot, ils faisaient ce qu'on appelle depuis quelques années "le grand reportage politique et militaire".

Le correspondant français se nommait Alcide Jolivet. Harry Blount était le nom du correspondant anglais. Ils venaient de se rencontrer pour la première fois à cette fête du Palais-Neuf, dont ils avaient été chargés de rendre compte dans leurs journaux.

C'étaient deux chasseurs, chassant sur le même territoire, dans les mêmes réserves. Ce soir-là, ils étaient donc tous les deux à l'affût.

Les deux correspondants furent donc amenés à causer l'un avec l'autre pendant le bal, quelques instants après la sortie du général Kissoff.

—Vraiment, monsieur, cette petite fête est charmante! dit d'un air aimable Alcide Jolivet.

—J'ai déjà télégraphié: splendide! répondit froidement Harry Blount.

—Cependant, ajouta Alcide Jolivet, j'ai cru devoir marquer en même temps à ma cousine...

—Votre cousine?... répéta Harry Blount d'un ton surpris, en interrogeant son confrère.

—Oui..., reprit Alcide Jolivet, ma cousine Madeleine... C'est avec elle que je corresponds! J'ai donc cru devoir lui marquer que, pendant cette fête, une sorte de nuage avait semblé obscurcir le front du souverain.

—Pour moi, il m'a paru rayonnant, répondit Harry Blount, qui voulait peut-être dissimuler sa pensée à ce sujet.

—Et, naturellement, vous l'avez fait "rayonner" dans les colonnes du *Daily Telegraph*.

—Précisément.

—Vous rappelez-vous, monsieur Blount, dit Alcide Jolivet, ce qui s'est passé à Zakret en 1812?

—Je me le rappelle comme si j'y avais été, monsieur, répondit le correspondant anglais.

—Alors, reprit Alcide Jolivet, vous savez qu'au milieu d'une fête donnée en son honneur on annonça à l'empereur Alexandre que Napoléon venait de passer le Niémen avec l'avant-garde française. Cependant, l'empereur ne quitta pas la fête, et malgré l'extrême gravité d'une nouvelle qui pouvait lui coûter l'empire, il ne laissa pas percer plus d'inquiétude...

—Que ne vient d'en montrer notre hôte, lorsque le général Kissoff lui a appris que les fils télégraphiques venaient d'être coupés entre la frontière et le gouvernement d'Irkoutsk.

—Ah! vous connaissez ce détail?

—Je le connais.

—Quant à moi, il me serait difficile de l'ignorer, puisque mon dernier télégramme est allé jusqu'à Oudinsk, fit observer Alcide Jolivet.

—Et le mien jusqu'à Krasnoiarsk seulement, répondit Harry Blount.

—Alors vous savez aussi que des ordres ont été envoyés aux troupes de Nikolaevsk?

—Oui, monsieur, en même temps qu'on télégraphiait aux Cosaques du gouvernement de Tobolsk de se concentrer.

—Rien n'est plus vrai, ces mesures m'étaient également connues. Une intéressante campagne à suivre, monsieur Blount.

—Je la suivrai, monsieur Jolivet.

—Alors, il est possible que nous nous retrouvions sur un terrain moins sûr peut-être que le parquet de ce salon!

Et, là-dessus, les deux correpondants se séparèrent.

En ce moment, les portes des salles contiguës au grand salon furent ouvertes. Là se dressaient plusieurs vastes tables merveilleusement servies et chargées à profusion de porcelaines précieuses et de vaisselle d'or.

Les invités du Palais-Neuf commencèrent à s'y diriger. A cet instant, le général Kissoff, qui venait de rentrer, s'approcha rapidement de l'officier des chasseurs de la garde.

—Eh bien? lui demanda vivement celui-ci.

—Les télégrammes ne passent plus Tomsk, Sire.

—Un courrier à l'instant!

L'officier quitta le grand salon et entra dans une vaste pièce y attenant: il ouvrit vivement la fenêtre, et vint respirer, sur un large balcon, cet air pur que distillait une belle nuit de juillet.

Sous ses yeux, baignée par les rayons lunaires, s'arrondissait une enceinte fortifiée, dans laquelle s'élevaient deux cathédrales, trois palais et un arsenal. Autour de cette enceinte se dessinaient trois villes distinctes. Une petite rivière au cours sinueux réverbérait çà et là les rayons de la lune. Cette rivière, c'était la Moskowa, cette ville, c'était Moscou, cette enceinte fortifiée le Kremlin, et l'officier des chasseurs de la garde, c'était le czar.

II

RUSSES ET TARTARES

Si le czar avait si inopinément quitté les salons du Palais-Neuf, c'est que de graves événements s'accomplissaient alors au-delà des frontières de l'Oural. On ne pouvait plus en douter, une redoutable invasion menaçait de soustraire à l'autorité russe les provinces sibériennes.

La Russie asiatique ou Sibérie couvre une aire superficielle de cinq cent soixante mille lieues et compte environ deux millions d'habitants. Elle s'étend depuis les monts Ourals, qui la séparent de la Russie d'Europe, jusqu'au littoral de l'océan Pacifique. Au sud, c'est le Turkestan et l'empire chinois qui la délimitent suivant une frontière assez déterminée; au nord, c'est l'océan Glacial depuis la mer de Kara jusqu'au détroit de Behring. Elle est divisée en gouvernements ou provinces, qui sont du Tobolsk, d'Yeniseisk, d'Irkoutsk, d'Omsk, de Iakoutsk; elle comprend deux districts, ceux d'Okhotsk et de Kamtschatka, et possède deux pays, maintenant soumis à la domination moscovite, le pays des Kirghis et le pays des Tchouktches.

Cette immense étendue de steppes est à la fois une terre de

déportation pour les criminels, une terre d'exil pour ceux qu'un ukase a frappés d'expulsion. Deux gouverneurs généraux représentent l'autorité suprême des zars en ce vaste pays. L'un réside à Irkoutsk, capitale de la Sibérie orientale; l'autre réside à Tobolsk capitale de la Sibérie occidentale. La rivière Tchouna, un affluent du fleuve Yeniseï, sépare les deux Sibéries.

Aucun chemin de fer ne sillonne encore ces immenses plaines. On voyage en tarentasss ou en télègue, l'été; en traîneau, l'hiver. Une seule communication, mais une communication électrique, joint les deux frontières ouest et est de la Sibérie au moyen d'un fil et c'est ce fil, tendu d'Ekaterinbourg à Nikolaevsk, qui avait été coupé, d'abord en avant de Tomsk, et, quelques heures plus tard, entre Tomsk et Kolyvan.

La czar était, depuis quelques instants, immobile à la fenêtre de son cabinet, lorsque les huissiers en ouvrirent de nouveau la porte. Le grand maître de police apparut sur le seuil.

—Entre, général, dit le czar d'une voix brève, et dis-moi tout ce que tu sais d'Ivan Ogareff.

—C'est un homme extrêmement dangereux, Sire, répondit le grand maître de police.

—Il avait rang de colonel?

—Oui, Sire.

—C'était un officier intelligent?

—Très intelligent, mais impossible à maîtriser, et d'une ambition effrénée qui ne reculait devant rien. Il s'est bientôt jeté dans de secrètes intrigues, et c'est alors qu'il a été cassé de son grade par Son Altesse le grand-duc, puis exilé en Sibérie.

—A quelle époque?

—Il y a deux ans. Gracié après six mois d'exil par la faveur de Votre Majesté, il est rentré en Russie.

—Et, depuis cette époque, n'est-il pas retourné en Sibérie?

—Oui, Sire, il y est retourné, mais volontairement cette fois, répondit le grand maître de police.

Et il ajouta, en baissant un peu la voix:

—Il fut un temps, Sire, où, quand on allait en Sibérie, on n'en revenait pas!

—Eh bien, moi vivant, la Sibérie est et sera un pays dont on revient!

Le grand maître de police ne répondit rien, mais il était évident qu'il n'était pas partisan des demi-mesures. Il se tut, attendant que le czar l'interrogeât de nouveau.

Les questions ne se firent pas attendre.

—Ivan Ogareff, demanda le czar, n'est-il pas rentré une seconde fois en Russie après ce voyage dans les provinces sibériennes?

—Il y est rentré.

—Et, depuis son retour, la police a perdu ses traces?

—Non, Sire.

—En dernier lieu, où était Ivan Ogareff?

—Dans le gouvernement de Perm.

—En quelle ville?

—A Perm même.

—Qu'y faisait-il?

—Il semblait inoccupé, et sa conduite n'offrait rien de suspect.

—Il n'était pas sous la surveillance de la haute police?

—Non, Sire.

—A quel moment a-t-il quitté Perm?

—Vers le mois de mars.

—Pour aller?...

—On l'ignore.

—Et depuis, cette époque, on ne sait ce qu'il est devenu?

—On ne le sait.

—Eh bien, je le sais, moi! répondit le czar. Des avis anonymes m'ont été adressés, et, en présence des faits qui s'accomplissent maintenant au-delà de la frontière, j'ai tout lieu de croire qu'ils sont exacts!

—Voulez-vous dire, Sire, s'écria le grand maître de police, qu'Ivan Ogareff a la main dans l'invasion tartare?

—Oui, général, et je vais t'apprendre ce que tu ignores. Ivan Ogareff, après avoir quitté le gouvernement de Perm, a passé les monts Ourals. Il s'est jeté en Sibérie, dans les steppes kirghises, et, là, il a tenté, non sans succès, de soulever ces populations nomades. Il est alors descendu plus au sud, jusque dans le Turkestan libre. Là, aux khanats de Boukhra, de Khokhand, de Koundouze, il a trouvé des chefs disposés à jeter leurs hordes tartares dans les provinces sibériennes et à provoquer une invasion générale de l'empire russe en Asie. De plus, Ivan Ogareff, altéré de vengeance, veut attenter à la vie de mon frère!

Le czar s'était animé en parlant et marchait à pas précipités. Le grand maître de police ne répondit rien.

Quelques instants s'écoulèrent, pendant lesquels il garda le silence. Puis, s'approchant du czar, qui s'était jeté sur un fauteuil:

—Votre Majesté, dit-il, a sans doute donné des ordres pour que cette invasion fût repoussée au plus vite?

—Oui, répondit le czar. Le dernier télégramme qui a pu passer à Nijni-Oudinsk a dû mettre en mouvement les troupes des gouvernements d'Yeniseisk, d'Irkoutsk, d'Iakoutsk, celles des provinces de l'Amour et du lac Baïkal. En même temps, les régiments de Perm et de Nijni-Novgorod et les Cosaques de la frontière se dirigent à marche forcée vers les monts Ourals.

—Et le frère de Votre Majesté, Son Altesse le grand-duc, en ce moment isolé dans le gouvernement d'Irkoutsk, n'est plus en communication directe avec Moscou?

—Non.

—Mais il doit savoir, par les dernières dépêches, quelles sont les mesures prises par Votre majesté et quels secours il doit attendre des gouvernements les plus rapprochés de celui d'Irkoutsk?

—Il le sait, répondit le czar, mais ce qu'il ignore, c'est qu'Ivan Ogareff, en même temps que le rôle de rebelle, doit jouer le rôle de traître, et qu'il a en lui un ennemi personnel et acharné. C'est au grand-duc qu'Ivan Ogareff doit sa première disgrâce, et, ce qu'il y a de plus grave, c'est que cet homme n'est pas connu de lui. Le projet d'Ivan Ogareff est donc de se rendre à Irkoutsk, et là, sous un faux nom, d'offrir ses services au grand-duc. Puis, après qu'il aura capté sa confiance, lorsque les Tartares auront investi Irkoutsk, il livrera la ville, et avec elle mon frère, dont la vie est directement menacée. Voilà ce que je sais par mes rapports, voilà ce que ne sait pas le grand-duc, et voilà ce qu'il faut

qu'il sache!

—Eh bien, Sire, un courrier intelligent, courageux...

—Je l'attends.

Les circonstances étaient graves, car il était à craindre qu'une grande partie de la population kirghise ne se joignît aux envahisseurs.

Les Kirghis se divisent en trois hordes, la grande, la petite et la moyenne, et comptent deux millions d'âmes. De ces diverses tribus, les unes sont indépendantes, et les autres reconnaissent la souveraineté, soit de la Russie, soit des plus redoutables chefs du Turkestan. La horde moyenne, la plus riche, est en même temps la plus considérable. La grande horde, qui occupe les contrées situées dans l'est de la moyenne, s'étend jusqu'aux gouvernements d'Omsk et de Tobolsk. Si donc ces populations kirghises se soulevaient, c'était l'envahissement de la Russie asiatique, et, tout d'abord, la séparation de la Sibérie, à l'est de l'Yeniseï. Il est vrai que ces Kirghis, fort novices dans l'art de la guerre, sont plutôt des pillards nocturnes et agresseurs de caravanes que des soldats réguliers.

Omsk est le centre de l'organisation militaire de la Sibérie occidentale, qui est destiné à tenir en respect les populations kirghises. La ligne des colonies militaires, c'est-à-dire de ces postes de Cosaques qui sont échelonnés depuis Omsk jusqu'à Sémipalatinsk, devait avoir été forcée en plusieurs points. Or il était à craindre que les ''grands sultans'' qui gouvernent les districts kirghis n'eussent accepté volontairement ou subi involontairement la domination des Tartares, musulmans comme eux, et qu'à la haine provoquée par l'asservissement ne se fût jointe la haine due à l'antagonisme des religions grecque et musulmane.

Depuis longtemps, en effet, les Tartares du Turkestan cherchaient, aussi bien par la force que par la persuasion, à soustraire les hordes kirghises à la domination moscovite.

Les Tartares appartiennent plus spécialement à deux races distinctes, la race caucasique et la race mongole.

La race caucasique réunit sous une même dénomination les Turcs et les indigènes de souche persane. La race purement mongolique comprend les Mongols, les Mandchous et les Thibétains.

Les Tartares qui menaçaient alors l'empire russe étaient de race caucasique et occupaient plus particulièrement le Turkestan. Ce vaste pays est divisé en différents Etats, qui sont gouvernés par des khans, d'où la dénomination de khanats. Les principaux khanats sont ceux de Boukhara, de Khiva, de Khokhand, de Koundouze, etc.

A cette époque, le khanat le plus important et le plus redoutable était celui de Boukhara. La Russie avait déjà eu à lutter plusieurs fois avec ses chefs qui avaient soutenu l'indépendance des Kirghis contre la domination moscovite. Le chef actuel, Féofar-Khan, marchait sur les traces de ses prédécesseurs. Ce khanat de Boukhara s'étend sur une surface d'environ dix mille lieues carrées.

On compte dans cet Etat une population de deux millions cinq cent mille habitants, une armée de soixante mille hommes, portée au triple en temps de guerre, et trente mille cavaliers.

Or c'était l'ambitieux et farouche Féofar qui gouvernait alors ce coin de la Tartarie. Appuyé sur les autres khans, aidé des chefs qui commandaient à toutes les hordes de l'Asie centrale, il s'était mis à la tête de cette invasion, dont Ivan Ogareff était l'âme.

Sous son inspiration, le khan de Boukhara avait lancé ses hordes au-delà de la frontière russe et s'était avancé plus loin que le lac Balkhach, entraînant les populations kirghises sur son passage.

Où était-il en ce moment? On ne pouvait le savoir. Les communications étaient interrompues. Le soulèvement s'étendait-il déjà jusqu'aux régions de l'est? On ne pouvait le dire.

Un courrier seul pouvait remplacer le courant interrompu. Il faudrait, à cet homme, un certain temps pour franchir les cinq mille deux cents verstes (5523 kilomètres) qui séparent Moscou d'Irkoutsk. Mais, avec de la tête et du cœur, on va loin!

"Trouverai-je cette tête et ce cœur?" se demandait le czar.

III

MICHEL STROGOFF

La porte du cabinet impérial s'ouvrit bientôt, et l'huissier annonça le général Kissoff.

—Ce courrier? demanda vivement le czar.
—Il est là, Sire, répondit le général Kissoff.
—Tu as trouvé l'homme qu'il fallait?

—J'ose en répondre à Votre Majesté.
—Tu le connais?
—Personnellement, et plusieurs fois il a rempli avec succès des missions difficiles.
—A l'étranger?
—En Sibérie même.
—D'où est-il?
—D'Omsk. C'est un Sibérien.
—Il a du sang-froid, de l'intelligence, du courage?
—Oui, Sire, il a tout ce qu'il faut pour réussir là où d'autres échoueraient peut-être.
—Son âge?
—Trente ans.
—C'est un homme vigoureux?
—Sire, il peut supporter jusqu'aux dernières limites le froid, la faim, la soif, la fatigue.
—Il a un corps de fer?
—Oui, Sire.
—Et un cœur?...
—Un cœur d'or.
—Il se nomme...?
—Michel Strogoff.
—Est-il prêt à partir?
—Il attend dans la salle des gardes les ordres de Votre Majesté.
—Qu'il vienne, dit le czar.

Quelques instants plus tard, le courrier Michel Strogoff entrait dans le cabinet impérial.

Michel Strogoff était haut de taille, vigoureux, épaules larges, poitrine vaste. Sa tête puissante présentait les beaux caractères de la race caucasique.

Ce beau et solide garçon, bien campé, bien planté, n'eût pas été facile à déplacer malgré lui, car, lorsqu'il avait posé ses deux pieds sur le sol, il semblait qu'ils s'y fussent enracinés. Sur sa tête, carrée du haut, large de front, se crépelait une chevelure abondante, qui s'échappait en boucles quand il la coiffait de la casquette moscovite. Lorsque sa face, ordinairement pâle, venait à se modifier, c'était uniquement sous un battement plus rapide du cœur. Ses yeux étaient d'un bleu foncé, avec un regard droit, franc, inaltérable, et ils brillaient sous une arcade dont les muscles sourciliers, contractés faiblement, témoignaient d'un courage élevé. Son nez puissant, large de narines, dominait une bouche symétrique avec les lèvres un peu saillantes de l'être généreux et bon.

Michel Strogoff avait le tempérament de l'homme décidé. Sobre de gestes comme de paroles, il savait rester immobile comme un soldat devant son supérieur; mais lorsqu'il marchait, son allure dénotait une grande aisance, une remarquable netteté de mouvements.

Il était vêtu d'un élégant uniforme militaire. Sur sa large poitrine brillaient une croix et plusieurs médailles.

Michel Strogoff appartenait au corps spécial des courriers du czar, et il avait rang d'officier parmi ces hommes d'élite. Ce qui se sentait dans toute sa personne, et ce que le czar reconnut sans peine, c'est qu'il était ''un exécuteur d'ordres''.

En vérité, si un homme pouvait mener à bien ce voyage de Moscou à Irkoutsk, c'était, entre tous, Michel Strogoff.

Circonstance très favorable à la réussite des projets, Michel Strogoff connaissait admirablement le pays qu'il allait traverser, et il en comprenait les divers idiomes parce qu'il était d'origine sibérienne.

Son père, le vieux Pierre Strogoff, mort depuis dix ans, habitait la ville d'Omsk, située dans le gouvernement de ce nom, et sa mère, Marfa Strogoff, y demeurait encore. C'était là que le redoutable chasseur sibérien avait élevé son fils Michel. De sa véritable profession, Pierre Strogoff était chasseur. Eté comme hiver, il courait la plaine durcie, les forêts de sapins, tendant ses trappes, guettant le petit gibier au fusil et le gros gibier à la fourche et au couteau.

Son fils Michel, âgé de onze ans, ne manquait pas de l'accompagner dans ses chasses, portant la fourche, pour venir en aide à son père, armé seulement du couteau. A quatorze ans, Michel Strogoff avait tué son premier ours. Cette vie lui profita, et, arrivé à l'âge de l'homme fait, il était capable de tout supporter, le froid, le chaud, la faim, la soif, la fatigue.

Doué de sens d'une finesse extrême, quand le brouillard interceptait tout l'horizon, il retrouvait son chemin là où d'autres n'eussent pu diriger leurs pas. Tous les secrets de son père lui étaient connus. L'unique passion de Michel Strogoff était pour sa mère, la vieille Marfa, qui n'avait jamais voulu quitter Omsk.

Il avait été décidé que Michel Strogoff, à vingt ans, entrerait au service personnel de l'empereur de Russie, dans le corps des courriers du czar. Le jeune Sibérien eut d'abord l'occasion de se distinguer dans un voyage au Caucase, puis, plus tard, pendant une importante mission qui l'entraîna jusqu'à Petropolowski, dans le Kamtschatka, à l'extrême limite de la Russie asiatique.

Quant aux congés qui lui revenaient de droit, jamais il ne négligea de les consacrer à sa vieille mère.

Cependant, et pour la première fois, Michel Strogoff, qui venait d'être très employé dans le sud de l'empire, n'avait pas revu la vieille Marfa depuis trois ans. Or son congé réglementaire allait lui être accordé dans quelques jours, et il avait déjà fait ses préparatifs de départ pour Omsk, quand se produisirent les circonstances que l'on sait. Michel Strogoff fut donc introduit en présence du czar, dans la plus complète ignorance de ce que l'empereur attendait de lui.

Le czar, sans lui adresser la parole, le regarda pendant quelques instants, tandis que Michel Strogoff demeurait absolument immobile. Puis le czar, satisfait de cet examen, retourna près de son bureau, et, faisant signe au grand maître de police de s'y asseoir, il lui dicta à voix basse une lettre qui ne contenait que quelques lignes.

La lettre libellée, le czar la relut avec une extrême attention, puis il la signa, après avoir fait précéder son nom de ces mots: *By po sémou,* qui signifient ''Ainsi soit-il'', et constituent la formule sacramentelle des empereurs de Russie. La lettre fut alors introduite dans une enveloppe que ferma le cachet aux armes impériales. Le czar, se relevant alors, dit à Michel Strogoff de

s'approcher. Puis, d'une voix brève:
—Ton nom? demanda-t-il.
—Michel Strogoff, Sire.
—Ton grade?
—Capitaine au corps des courriers du czar.
—Tu connais la Sibérie?
—Je suis sibérien.
—Tu es né...?

—A Omsk.

—As-tu des parents à Omks?

—Oui, Sire.

—Quels parents?

—Ma vieille mère.

Le czar suspendit un instant la série de ses questions. Puis, montrant la lettre qu'il tenait à la main:

—Voici une lettre, dit-il, que je te charge, toi, Michel Strogoff, de remettre en mains propres au grand-duc et à nul autre que lui.

—Je la remettrai, Sire.

—Le grand-duc est à Irkoutsk.

—J'irai à Irkoutsk.

—Mais il faudra traverser un pays soulevé par des rebelles, envahi par des Tartares qui auront intérêt à intercepter cette lettre.

—Je le traverserai.

—Tu te méfieras surtout d'un traître, Ivan Ogareff, qui se rencontrera peut-être sur ta route.

—Je m'en méfierai.

—Passeras-tu par Omsk?

—C'est mon chemin, Sire.

—Si tu vois ta mère, tu risques d'être reconnu, il ne faut pas que tu voies ta mère!

—Je ne la verrai pas, dit-il.

—Jure-moi que rien ne pourra te faire avouer ni qui tu es ni où tu vas!

—Je le jure.

—Michel Strogoff, reprit alors le czar en remettant le pli au jeune courrier, prends donc cette lettre de laquelle dépend le salut de toute la Sibérie, et peut-être la vie du grand-duc mon frère.

—Cette lettre sera remise à Son Altesse le grand-duc.

—Ainsi, tu passeras quand même?

—Je passerai, ou l'on me tuera.

—J'ai besoin que tu vives!

—Je vivrai et je passerai, répondit Michel Strogoff.

Le czar parut satisfait de l'assurance simple et calme avec laquelle Michel Strogoff lui avait répondu.

—Va donc, Michel Strogoff, dit-il, va pour Dieu, pour la Russie, pour mon frère et pour moi!

—Michel Strogoff salua militairement, quitta aussitôt le cabinet impérial, et quelques instants après, le Palais-Neuf.

—Je crois que tu as eu la main heureuse, général, dit le czar.

—Je le crois, Sire, répondit le général Kissoff, et Votre Majesté peut être assurée que Michel Strogoff fera tout ce que peut faire un homme.

IV

DE MOSCOU A NIJNI-NOVGOROD

La distance que Michel Strogoff allait franchir entre Moscou et Irkoutsk était de cinq mille deux cents verstes (5523 kilomètres). Lorsque le fil télégraphique n'était pas encore tendu, le service des dépêches se faisait par des courriers dont les plus rapides employaient dix-huit jours à se rendre de Moscou à Irkoutsk. Mais c'était là l'exception, et cette traversée de la Russie asiatique durait ordinairement de quatre à cinq semaines.

En homme qui ne craint ni le froid ni la neige, Michel Strogoff eût préféré voyager par la rude saison d'hiver, qui permet d'organiser le traînage sur toute l'étendue du parcours. Avec ce dur hiver, les envahisseurs tartares se fussent de préférence cantonnés dans les villes, leurs maraudeurs n'auraient pas couru la steppe, tout mouvement de troupes eût été impraticable, et Michel Strogoff eût plus facilement passé. Mais il n'avait à choisir ni son temps ni son heure. En lui remettant une somme importante, qui devait suffire à son voyage, le général Kissoff ne lui donna aucun ordre écrit portant cette mention: service de l'empereur. Il se contenta de le munir d'un "podaroshna". Ce podaroshna était fait au nom de Nicolas Korpanoff, négociant, demeurant à Irkoutsk. Il autorisait Nicolas Korpanoff à se faire accompagner, le cas échéant, d'une ou plusieurs personnes, et, en outre, il était, par mention spéciale, valable même pour le cas où le gouvernement moscovite interdirait à tous nationaux de quitter la Russie.

Le podaroshna n'est autre chose qu'un permis de prendre les chevaux de poste; mais Michel Strogoff ne devait s'en servir que dans le cas où ce permis ne risquerait pas de faire suspecter sa qualité, c'est-à-dire tant qu'il serait sur un territoire européen. Il résultait donc, de cette circonstance, qu'en Sibérie, c'est-à-dire lorsqu'il traverserait les provinces soulevées, il ne pourrait ni agir en maître dans les relais de poste, ni se faire délivrer des chevaux de préférence à tous autres, ni réquisitionner les moyens de transport pour son usage personnel.

Donc, ce matin même du 16 juillet, n'ayant plus rien de son uniforme, muni d'un sac de voyage qu'il portait sur son dos, vêtu d'un simple costume russe, Michel Strogoff se rendit à la gare pour y prendre le premier train. Sous sa ceinture se dissimulait un revolver, et, dans sa poche, un large coutelas.

Il y avait un assez grand concours de voyageurs à la gare de Moscou.

Le train dans lequel Michel Strogoff prit place devait le déposer à Nijni-Novgorod. Une fois arrivé à Nijni-Novgorod il prendrait, suivant les circonstances, soit la route de terre, soit les bateaux à vapeur du Volga, afin d'atteindre au plus tôt les montagnes de l'Oural. Michel Strogoff s'étendit donc dans son coin. Néanmoins, comme il n'était pas seul dans son compartiment, il ne dormit que d'un œil et il écouta de ses deux oreilles.

En effet, le bruit du soulèvement des hordes kirghises et de l'invasion tartare n'était pas sans avoir transpiré quelque peu. Les voyageurs en causaient, mais non sans quelque circonspection. Ces voyageurs étaient des marchands qui se rendaient à la célèbre foire de Nijni-Novgorod. On discutait donc le pour et le contre des graves événements qui s'accomplissaient alors au-delà de l'Oural, et ces marchands semblaient craindre que le gouvernement russe ne fût amené à prendre quelques mesures restrictives.

Il faut le dire, ces égoïstes ne considéraient la guerre qu'au seul point de vue de leurs intérêts menacés.

—On affirme que les thés de caravane sont en hausse, disait un Persan, reconnaissable à son bonnet fourré d'astrakan et à sa robe brune à larges plis.

—Oh! les thés n'ont rien à craindre de la baisse, répondit un vieux Juif à mine renfrognée. Ceux qui sont sur le marché de Nijni-Novgorod s'expédieront facilement par l'ouest, mais il n'en sera malheureusement pas de même des tapis de Boukhara!

—Comment! Vous attendez donc un envoi de Boukhara? lui demanda le Persan.

—Non, mais un envoi de Samarcande, et il n'en est que plus exposé! Comptez donc sur les expéditions d'un pays qui est soulevé par les khans depuis Khiva jusqu'à la frontière chinoise!

—Bon! répondit le Persan, si les tapis n'arrivent pas, les traites n'arriveront pas davantage, je suppose!

—Et le bénéfice, Dieu d'Israël! s'écria le petit Juif, le comptez-vous pour rien?

—Vous avez raison, dit un autre voyageur, les articles de l'Asie centrale risquent fort de manquer sur le marché, et il en sera des tapis de Samarcande commes des laines, des suifs et des châles d'Orient.

—Eh! prenez garde, mon petit père! répondit un voyageur russe à l'air goguenard. Vous allez horriblement graisser vos châles, si vous les mêlez avec vos suifs!

—Cela vous fait rire! répliqua aigrement le marchand.

—Eh! quand on s'arracherait les cheveux, quand on se couvrirait de cendres, répondit le voyageur, cela changerait-il le cours des choses? Non! pas plus que le cours des marchandises!

—On voit bien que vous n'êtes pas marchand! fit observer le petit Juif.

—Ma foi, non, digne descendant d'Abraham!

—Mais achetez-vous? demanda le Persan, qui interrompit la nomenclature du voyageur.

—Le moins que je peux, et seulement pour ma consommation particulière, répondit celui-ci en clignant de l'œil.

—C'est un plaisant! dit le Juif au Persan.

—Ou un espion! répondit celui-ci en baissant la voix. Défions-nous, et ne parlons pas plus qu'il ne faut!

Dans un autre compartiment, on parlait de l'invasion tartare et de ses fâcheuses conséquences.

—Les chevaux de Sibérie vont être réquisitionnés, disait un voyageur, et les communications deviendront bien difficiles entre les diverses provinces de l'Asie centrale!

—Est-il certain, lui demanda son voisin, que les Kirghis de la horde moyenne aient fait cause commune avec les Tartares?

—On le dit, répondit le voyageur en baissant la voix, mais qui peut se flatter de savoir quelque chose dans ce pays!

—J'ai entendu parler de concentration de troupes à la frontière. Les Cosaques du Don sont déjà rassemblés sur le cours du Volga, et on va les opposer aux Kirghis révoltés.

—Si les Kirghis ont descendu le cours de l'Irtyche, la route d'Irkoutsk ne doit pas être sûre! répondit le voisin. D'ailleurs, hier, j'ai voulu envoyer un télégramme à Krasnoiarsk, et il n'a pas pu passer. Il est à craindre qu'avant peu les colonnes tartares n'aient isolé la Sibérie orientale!

Partout un observateur eût observé une extrême circonspection dans les propos que les causeurs échangeaient entre eux.

C'est ce qui fut très justement remarqué par l'un des voyageurs d'un wagon placé en tête du train. Ce voyageur, c'était le correspondant Alcide Jolivet, et s'il faisait tant de questions insignifiantes c'est qu'il espérait surprendre quelque fait intéressant ''pour sa cousine''. Mais, naturellement, on le prenait pour un espion, et on ne disait pas devant lui un mot qui eût trait aux événements du jour.

Et tandis qu'Alcide Jolivet notait minutieusement ses impressions de voyage, son confrère embarqué comme lui dans le même train, et voyageant dans le même but, se livrait au même travail

d'observation dans un autre compartiment. Ni l'un ni l'autre ne s'étaient rencontrés, ce jour-là, à la gare de Moscou, et ils ignoraient réciproquement qu'ils fussent partis pour visiter le théâtre de la guerre. Seulement, Harry Blount, parlant peu, mais écoutant beaucoup, n'avait point inspiré à ses compagnons de route les mêmes défiances qu'Alcide Jolivet. Aussi ne l'avait-on pas pris pour un espion, et ses voisins, sans se gêner, causaient-ils devant lui.

Le correspondant du *Daily Telegraph* avait donc pu observer combien les événements préoccupaient ces marchands qui se rendaient à Nijni-Novgorod, et à quel point le commerce avec l'Asie centrale était menacé dans son transit.

Cependant, il était visible que le gouvernement russe, en présence de ces graves éventualités, prenait quelques mesures sévères, même à l'intérieur de l'empire. Le soulèvement n'avait pas franchi la frontière sibérienne, mais dans ces provinces du Volga, si voisines du pays kirghis, on pouvait craindre l'effet des mauvaises influences.

En effet, ce vaste empire, qui compte douze millions de kilomètres carrés, ne peut pas avoir l'homogénéité des Etats de l'Europe occidentale.

Quoi qu'il en soit, Ivan Ogareff avait su, jusqu'alors, échapper à toutes les recherches, et très probablement, il devait avoir rejoint l'armée tartare. Mais, à chaque station où s'arrêtait le train, des inspecteurs se présentaient qui examinaient les voyageurs et leur faisaient subir à tous une inspection minutieuse, car, par ordre du grand maître de police, ils étaient à la recherche d'Ivan Ogareff.

Quant à Michel Strogoff, il était en règle, et par conséquent à l'abri de toute mesure de police.

A la gare de Wladimir, de nouveaux voyageurs montèrent dans le train. Entre autres, une jeune fille se présenta à la portière du compartiment occupé par Michel Strogoff.

Une place vide se trouvait devant le courrier du czar.

Le jeune fille s'y plaça, après avoir déposé près d'elle un modeste sac de voyage. Puis, les yeux baissés, elle se disposa pour un trajet qui devait durer encore quelques heures.

Michel Strogoff ne put s'empêcher de considérer attentivement sa nouvelle voisine. Cette jeune fille devait avoir de seize à dix-sept ans. Sa tête, véritablement charmante, présentait le type slave dans toute sa pureté. D'une sorte de fanchon qui la coiffait, s'échappaient à profusion des cheveux d'un blond doré. Ses yeux étaient bruns avec un grand velouté d'une douceur infinie. Son nez droit se rattachait à ses joues, un peu maigres et pâles, par des ailes légèrement mobiles. Sa bouche était finement dessinée, mais il semblait qu'elle eût, depuis longtemps, désappris de sourire.

La jeune voyageuse était grande, élancée, autant qu'on pouvait juger de sa taille sous l'ample pelisse très simple qui la recouvrait. Son costume était à la fois d'une simplicité et d'une propreté extrême.

Elle portait une longue pelisse de couleur sombre, sans manches, qui se rajustait gracieusement à son cou par un liseré bleu. Sous cette pelisse, une demi-jupe, sombre aussi, recouvrait une robe qui lui tombait aux chevilles. Des demi-bottes en cuir ouvragé, assez fortes de semelles, chaussaient ses pieds.

Michel Strogoff, à certains détails, pensa que sa voisine devait être originaire des provinces baltiques.

Mais où allait cette jeune fille, seule? Venait-elle des provinces de la Russie occidentale? Se rendait-elle seulement à Nijni-Novgorod, ou bien le but de son voyage était-il au-delà des frontières orientales de l'Empire?

Michel Strogoff l'observait avec intérêt, mais, réservé lui-même, il ne chercha pas à faire naître une occasion de lui parler. Une fois seulement, le voisin de cette jeune fille s'étant endormi et menaçant sa voisine de sa grosse tête qui vacillait d'une épaule à l'autre, Michel Strogoff le réveilla assez brusquement et lui fit comprendre qu'il eût à se tenir droit et d'une façon plus convenable.

La jeune voyageuse regarda un instant le jeune homme, et il y eut un remerciement muet et modeste dans son regard.

Mais une circonstance se présenta, qui donna à Michel Strogoff une idée juste du caractère de cette jeune fille. Avant d'arriver à la gare de Nijni-Novgorod, à une brusque courbe de la voie ferrée, le train éprouva un choc très violent. Puis, pendant une minute, il courut sur la pente d'un remblai.

Cris, confusion, désordre général dans les wagons, tel fut l'effet produit tout d'abord.

Aussi, avant même que le train fût arrêté, les portières s'ouvrirent-elles, et les voyageurs, effarés, n'eurent-ils qu'une pensée: quitter les voitures et chercher refuge sur la voie. Michel Strogoff songea tout d'abord à sa voisine; mais la jeune fille était restée tranquillement à sa place, le visage à peine altéré par une légère pâleur.

Elle attendait, Michel Strogoff attendit aussi.

Elle n'avait pas fait un mouvement pour descendre du wagon. Il ne bougea pas non plus.

Tous deux demeurèrent impassibles.

Une rupture du bandage du wagon de bagages avait provoqué d'abord le choc, puis l'arrêt du train. Il y eut là une heure de retard. Enfin, la voie dégagée, le train reprit sa marche, et, à huit heures et demie du soir, il arrivait en gare de Nijni-Novgorod.

Avant que personne eût pu descendre des wagons, les inspecteurs de police se précipitèrent aux portières et examinèrent les voyageurs. Michel Strogoff montra son podaroshna, libellé au nom de Nicolas Korpanoff. Donc, nulle difficulté. Quant aux autres voyageurs du compartiment, tous à destination de Nijni-Novgorod, il ne parurent point suspects. La jeune fille, elle, présenta un permis revêtu d'un cachet particulier et qui semblait être d'une nature spéciale. L'inspecteur le lut avec attention. Puis après avoir examiné attentivement celle dont il contenait le signalement:

—Tu es de Riga? dit-il.

—Oui, répondit la jeune fille.

—Tu vas à Irkoutsk?

—Oui.

—Par quelle route?

—Par la route de Perm.

—Bien, répondit l'inspecteur. Aie soin de faire viser ton permis à la maison de police de Nijni-Novgorod.

La jeune fille s'inclina en signe d'affirmation.

En entendant ces demandes et ces réponses, Michel Strogoff éprouva à la fois un sentiment de surprise et de pitié. Quoi! Cette jeune fille seule, en route pour cette lointaine Sibérie!

L'inspection finie, les portières des wagons furent alors ouver-

tes, mais, avant que Michel Strogoff eût pu faire un mouvement vers elle, la jeune Livonnienne, descendue la première, avait disparu dans la foule qui encombrait les quais de la gare.

V

UN ARRÊTÉ EN DEUX ARTICLES

Nijni-Novgorod, Novgorod-la-Basse, située au confluent du Volga et de l'Oka, est le chef-lieu du gouvernement de ce nom. C'était là que Michel Strogoff devait abandonner la voie ferrée, qui, à cette époque, ne se prolongeait pas au-delà de cette ville.

Nijni-Novgorod, qui en temps ordinaire ne compte que trente à trente-cinq mille habitants, en renfermait alors plus de trois cent mille, c'est-à-dire que sa population était décuplée. Cet accroissement était dû à la célèbre foire qui se tient dans ses murs pendant une période de trois semaines.

Si Michel Strogoff eût été forcé de séjourner à Nijni-Novgorod, il aurait eu quelque peine à découvrir un hôtel ou même une auberge à peu près convenable. Il y avait encombrement. Cependant, comme il ne pouvait partir immédiatement, puisqu'il lui fallait prendre le steam-boat du Volga, il dut s'enquérir d'un gîte quelconque. Mais, auparavant, il voulut connaître exactement l'heure du départ, et il se rendit aux bureaux de la Compagnie, dont les bateaux font le service entre Nijni-Novgorod et Perm.

Là, à son grand déplaisir, il apprit que le *Caucase*, —c'était le nom du steam-boat—, ne partait pour Perm que le lendemain, à midi. Dix-sept heures à attendre!

Voilà donc Michel Strogoff allant par la ville, et cherchant quelque auberge afin d'y passer la nuit. Mais de cela il ne s'embarrassait guère, et, sans la faim qui le talonnait, il eût probablement erré jusqu'au matin dans les rues de Nijni-Novgorod. Ce dont il se mit en quête, ce fut d'un souper plutôt que d'un lit. Or il trouva les deux à l'enseigne de la Ville de Constantinople.

Là, l'aubergiste lui offrit une chambre assez convenable. Un canard farci de hachis aigre, enlisé dans une crème épaisse, du pain d'orge, du lait caillé, du sucre en poudre mélangé de cannelle, un pot de kwass, sorte de bière très commune en Russie, lui furent servis aussitôt, et il ne lui en fallait pas tant pour se rassasier.

Son souper terminé, Michel Strogoff, au lieu de monter à sa chambre, reprit machinalement sa promenade à travers la ville.

Pourquoi Michel Strogoff ne s'était-il pas mis tout bonnement au lit? Pensait-il donc à cette jeune Livonienne qui avait été sa compagne de voyage? N'ayant rien de mieux à faire, il y pensait. Craignait-il que, perdue dans cette ville tumultueuse, elle ne fût exposée à quelque insulte? Il le craignait, et avait raison de le craindre.

Michel Strogoff s'arrêtait par instants et se prenait à réfléchir. ''Peut-être elle-même ignore-t-elle ce qui se passe!... Mais non, ces marchands ont causé devant elle des troubles de la Sibérie... et elle n'a pas paru étonnée... Mais alors elle savait donc, et, sachant, elle va!... Il faut que le motif qui l'entraîne soit bien puissant!

Après avoir marché pendant une heure environ, il vint s'asseoir sur un banc adossé à une grande case de bois, qui s'élevait, au milieu de beaucoup d'autres, sur une très vaste place. Il était là depuis cinq minutes, lorsqu'une main s'appuya fortement sur son épaule.

—Qu'est-ce que tu fais là? lui demanda d'une voix rude un

homme de haute taille qu'il n'avait pas vu venir.

—Je me repose, répondit Michel Strogoff.

—Est-ce que tu aurais l'intention de passer la nuit sur ce banc? reprit l'homme.

—Oui, si cela me convient, répliqua Michel Strogoff.

—Approche qu'on te voie! dit l'homme.

Michel Strogoff, se rappelant qu'il fallait être prudent avant tout, recula instinctivement.

—On n'a pas besoin de me voir, répondit-il.

Il lui sembla alors, en l'observant bien, qu'il avait affaire à une sorte de bohémien. Puis, en regardant plus attentivement dans l'ombre qui commençait à s'épaissir, il aperçut près de la case un vaste chariot. Cependant, le bohémien avait fait deux ou trois pas en avant, et il se préparait à interpeller plus directement Michel Strogoff, quand la porte de la case s'ouvrit. Une femme, à peine visible, s'avança et dans un idiome assez rude, que Michel Strogoff reconnut être un mélange de mongol et de sibérien:

—Encore un espion! dit-elle. Laisse-le faire et viens souper. Le "papluka"[1] attend.

Michel Strogoff ne put s'empêcher de sourire de la qualification dont on le gratifiait. Mais, dans la même langue, le bohémien répondit quelques mots qui signifiaient:

—Tu as raison, Sangarre! D'ailleurs, nous serons partis demain!

—Demain? répliqua à mi-voix la femme d'un ton qui dénotait une certaine surprise.

—Oui, Sangarre, répondit le bohémien, demain, et c'est le Père lui-même qui nous envoie... où nous voulons aller!

Là-dessus, l'homme et la femme rentrèrent dans la case, dont la porte fut fermée avec soin.

"Bon! se dit Michel Strogoff, si ces bohémiens tiennent à ne pas être compris, quand ils parleront devant moi, je leur conseille d'employer une autre langue!"

L'heure étant déjà fort avancée, il songea alors à rentrer à l'auberge, afin d'y prendre quelque repos.

Michel Strogoff, une heure après, dormait d'un sommeil quelque peu agité, et le lendemain, 17 juillet, il se réveillait au grand jour.

Cinq heures encore à passer à Nijni-Novgorod, cela lui semblait un siècle. Que pouvait-il faire pour occuper cette matinée? Une fois son déjeuner fini, son sac bouclé, son podaroshna visé

---

1. Sorte de gâteau feuilleté.

à la maison de police, il n'aurait plus qu'à partir. Mais, n'étant point homme à se lever après le soleil, il quitta son lit, il s'habilla, il plaça soigneusement la lettre aux armes impériales au fond d'une poche pratiquée dans la doublure de sa tunique, sur laquelle il serra sa ceinture; puis, il ferma son sac et l'assujettit sur son dos. Cela fait, il régla sa dépense et quitta l'auberge.

Par surcroît de précaution, Michel Strogoff se rendit d'abord aux bureaux des steam-boats, et là, il s'assura que le *Caucase* partait bien à l'heure dite.

Après avoir traversé le Volga sur un pont de bateaux, gardé par des Cosaques à cheval, il arriva à l'emplacement même où, la veille, il s'était heurté à un campement de bohémiens. C'était un peu en dehors de la ville que se tenait cette foire. Dans une vaste plaine, située au-delà du Volga, s'élevait le palais provisoire du gouverneur général, et c'est là, par ordre, que réside ce haut fonctionnaire pendant toute la durée de la foire. Tout ce qui se vend ou s'achète semblait avoir été entassé sur cette place.

Il convient d'ajouter ici que cette fois, au moins, la France et l'Angleterre étaient représentées au grand marché de Nijni-Novgorod par MM. Harry Blount et Alcide Jolivet.

En effet, les deux correspondants étaient venus chercher là des impressions au profit de leurs lecteurs, et ils employaient de leur mieux les quelques heures qu'ils avaient à perdre, car, eux aussi, ils allaient prendre passage sur le *Caucase*.

Ils se rencontrèrent précisément l'un et l'autre sur le champ de foire, mais, cette fois, ils ne se parlèrent pas et se bornèrent à se saluer assez froidement.

Michel Strogoff, une main dans sa poche, tenant de l'autre sa longue pipe à tuyau de merisier, semblait être le plus indifférent et le moins impatient des hommes.

Depuis deux heures environ, il courait les rues de la ville pour revenir invariablement au champ de foire.

Il se trouvait précisément sur la place centrale, lorsque le bruit se répandit que le maître de police venait d'être mandé par estafette au palais du gouverneur général. Une importante dépêche, arrivée de Moscou, disait-on, motivait ce déplacement.

Le maître de police se rendit donc au palais du gouverneur. Michel Strogoff écoutait ce qui se disait, afin d'en profiter, le cas échéant.

—On va fermer la foire! s'écriait l'un.

—Le régiment de Nijni-Novgorod vient de recevoir son ordre de départ! répondait l'autre.

—On dit que les Tartares menacent Tomsk!

—Voici le maître de police! cria-t-on de toutes parts.

Un fort brouhaha s'était élevé subitement, qui se dissipa peu à peu, et auquel succéda un silence absolu. Le maître de police, précédé de ses agents, venait de quitter le palais du gouverneur général. Un détachement de Cosaques l'accompagnait et faisait ranger la foule. Le maître de police arriva au milieu de la place centrale, et chacun put voir qu'il tenait une dépêche à la main. Alors, d'une voix haute, il lut la déclaration suivante:

ARRÊTÉ DU GOUVERNEUR DE NIJNI-NOVGOROD

1° Défense à tout sujet russe de sortir de la province, pour quelque cause que ce soit.

2° Ordre à tous étrangers d'origine asiatique de quitter la province dans les vingt-quatre heures.

VI

FRÈRE ET SŒUR

Ces mesures, les circonstances les justifiaient absolument.

"Défense à tout sujet russe de sortir de la province", si Ivan Ogareff était encore dans la province, c'était l'empêcher, non sans d'extrêmes difficultés tout au moins, de rejoindre Féofar-Khan, et enlever au chef tartare un lieutenant redoutable.

"Ordre à tous étrangers d'origine asiatique de quitter la province dans les vingt-quatre heures", c'était éloigner en bloc ces trafiquants venus de l'Asie centrale ainsi que ces bandes de bohémiens, de gipsies, de tsiganes, qui ont plus ou moins d'affinités avec les populations tartares ou mongoles et que la foire y avait réunis.

Et presque aussitôt ce qu'on pourrait appeler le déménagement de cette vaste plaine commença.

Evidemment, sous l'influence de ces mesures, avant le soir, la place de Nijni-Novgorod serait entièrement évacuée.

Le souvenir de la jeune Livonienne venait de se présenter soudain à Michel Strogoff.

"La pauvre enfant! s'écria-t-il comme malgré lui. Elle ne pourra plus franchir la frontière!".

En effet, la jeune fille était de Riga, elle était livonienne, russe par conséquent, elle ne pouvait donc plus quitter le territoire russe!

Cette pensée préoccupa vivement Michel Strogoff. Il s'était dit que, sans rien négliger de ce qu'exigeait de lui son importante mission, il lui serait possible, peut-être, d'être de quelque secours à cette brave enfant. Mais une idée nouvelle venait de naître dans son cerveau, et la question se présenta à lui sous un tout autre aspect.

"Au fait, se dit-il, mais je puis avoir besoin d'elle plus qu'elle n'aurait besoin de moi. Sa présence peut ne pas m'être inutile et servirait à déjouer tout soupçon à mon égard. Dans l'homme courant seul à travers la steppe, on peut plus aisément deviner le courrier du czar. Si, au contraire, cette jeune fille m'accompagne, je serai bien mieux aux yeux de tous le Nicolas Korpanoff de mon podaroshna. Donc, il faut qu'elle m'accompagne. Il n'est pas probable que depuis hier soir elle ait pu se procurer quelque voiture pour quitter Nijni-Novgorod. Cherchons-la."

Michel Strogoff quitta la grande place de Nijni-Novgorod.

La jeune fille qu'il cherchait ne pouvait être là. Il était neuf heures du matin. Le steam-boat ne partait qu'à midi. Michel Strogoff avait donc environ deux heures à employer pour la retrouver.

Il traversa de nouveau le Volga et parcourut les quartiers de l'autre rive, où la foule était moins considérable.

Nulle part il ne rencontra la jeune Livonienne.

"Et cependant, répétait-il, elle ne peut encore avoir quitté Nijni-Novgorod. Cherchons toujours!"

Michel Strogoff erra ainsi pendant deux heures en vain. Il lui vint alors à l'esprit que la jeune fille n'avait peut-être pas eu connaissance de l'arrêté.

Mais enfin, si elle l'ignorait, elle viendrait donc dans quelques heures, au quai d'embarquement.

Il était alors onze heures. Michel Strogoff, bien qu'en toute autre circonstance cela eût été inutile, songea à présenter son podaroshna aux bureaux du maître de police.

Il s'y rendit donc. L'agent, après l'avoir introduit dans la salle d'attente, alla prévenir un employé supérieur.

En attendant, il regarda autour de lui. Et que vit-il? Là, sur un banc, tombée plutôt qu'assise, une jeune fille, en proie à un muet désespoir.

Michel Strogoff ne s'était pas trompé. Il venait de reconnaître la jeune Livonienne. Ne connaissant pas l'arrêté du gouverneur, elle était venue au bureau de police pour faire viser son permis!... On lui avait refusé le visa.

Michel Strogoff, très heureux de l'avoir enfin retrouvée, s'approcha de la jeune fille. Celle-ci le regarda un instant, et son visage s'éclaira d'une lueur fugitive en revoyant son compagnon de voyage.

En ce moment, l'agent toucha l'épaule de Michel Strogoff.

—Le maître de police vous attend, dit-il.

—Bien, répondit Michel Strogoff.

Et, sans dire un mot à celle qu'il avait tant cherchée depuis la veille, il suivit l'agent à travers les groupes compacts. La jeune Livonienne, voyant disparaître celui-là qui eût pu peut-être lui venir en aide, retomba sur son banc.

Trois minutes ne s'étaient pas écoulées, que Michel Strogoff reparaissait dans la salle, accompagné d'un agent. Il tenait à la main son podaroshna, qui lui faisait libres les routes de la Sibérie. Il s'approcha alors de la jeune Livonienne, et, lui tendant la main:

—Sœur..., dit-il.

Elle comprit! Elle se leva.

—Sœur, répéta Michel Strogoff, nous sommes autorisés à continuer notre voyage à Irkoutsk. Viens-tu?

—Je te suis, frère, répondit la jeune fille en mettant sa main dans la main de Michel Strogoff.

Et tous deux quittèrent la maison de police.

VII

EN DESCENDANT LE VOLGA

Un peu avant midi, la cloche du steam-boat attirait à l'embarcadère du Volga un grand concours de monde.

Il va sans dire que la police surveillait le départ du *Caucase*.

A l'heure réglementaire, le dernier coup de cloche retentit, les amarres furent larguées, et le *Caucase* fila rapidement.

Michel Strogoff et la jeune Livonienne avaient pris passage à bord du *Caucase*. Leur embarquement s'était fait sans aucune difficulté.

Tous deux, assis à l'arrière, regardaient fuir la ville, si profondément troublée par l'arrêté du gouverneur. Michel Strogoff n'avait rien dit à la jeune fille. Il attendait qu'elle parlât. Elle ne disait rien, mais son regard remerciait pour elle.

Ce steam-boat était fort bien aménagé, et les passagers, suivant leur condition ou leurs ressources, y occupaient trois classes distinctes. Michel Strogoff avait eu soin de retenir deux cabines de première classe, de sorte que sa jeune compagne pouvait se retirer dans la sienne et s'isoler quand bon lui semblait.

Deux heures après le départ du *Caucase*, la jeune Livonienne, s'adressant à Michel Strogoff, lui dit:

—Tu vas à Irkoutsk, frère?

—Oui, sœur, répondit le jeune homme. Nous faisons tous les deux la même route. Par conséquent, partout où je passerai, tu passeras.

—Demain, frère, tu sauras pourquoi j'ai quitté les rives de la Baltique pour aller au-delà des monts Ourals.

—Je ne te demande rien, sœur.

—Tu sauras tout, répondit la jeune fille, dont les lèvres ébauchèrent un triste sourire. Une sœur ne doit rien cacher à son frère. Mais, aujourd'hui, je ne pourrais!... La fatigue, le désespoir m'avaient brisée!

—Veux-tu reposer dans ta cabine? demanda Michel Strogoff.

—Oui..., oui... et demain...

—Viens donc...

Il hésitait à finir sa phrase, comme s'il eût voulu l'achever par le nom de sa compagne, qu'il ignorait encore.

—Nadia, dit-elle en lui tendant la main.

—Viens, Nadia, répondit Michel Strogoff, et use sans façon de ton frère Nicolas Korpanoff.

Et il conduisit la jeune fille à la cabine qui avait été retenue pour elle sur le salon de l'arrière.

Michel Strogoff revint sur le pont, et, avide de nouvelles qui pouvaient peut-être modifier son itinéraire, il se mêla aux groupes de passagers, écoutant, mais ne prenant pas part aux conversations.

Ses oreilles furent bientôt frappées par les éclats d'une voix peu soucieuse d'être ou non entendue.

L'homme à la voix gaie parlait russe, mais avec un accent étranger, et son interlocuteur, plus réservé, lui répondait dans la même langue, qui n'était pas non plus sa langue originelle.

—Comment, disait le premier, comment, vous sur ce bateau, mon cher confrère!

—Moi-même, répondit le second d'un ton sec.

—Eh bien, franchement, je ne m'attendais pas à être immédiatement suivi par vous, et de si près!

—Je ne vous suis pas, monsieur, je vous précède!

—Précède! précède! Mettons que nous marchons de front, du même pas.

—Vous allez à Perm... comme moi?

—Comme vous.

—Et, probablement, vous vous dirigerez de Perm sur Ekaterinbourg.

—Probablement.

—Une fois la frontière passée, nous serons en Sibérie, c'est-à-dire en pleine invasion. Mais, puisque nous avons devant nous une huitaine de jours neutres, soyons amis jusqu'au moment où nous redeviendrons rivaux. Votre main?

—La voilà.

Et la main du premier interlocuteur, c'est-à-dire cinq doigts largement ouverts, secoua vigoureusement les deux doigts que lui tendit flegmatiquement le second.

Ces deux chasseurs de nouvelles, l'arrêté du gouverneur ne les concernait pas, puisqu'ils n'étaient ni russes, ni étrangers d'origine asiatique.

La jeune Livonienne ne vint pas à dîner. Elle dormait dans sa cabine, et Michel Strogoff ne voulut pas la faire réveiller. Le soir arriva donc sans qu'elle eût reparu sur le pont du *Caucase*.

Une sorte d'inquiétude tenait éveillé Michel Strogoff. Il allait et venait, lorsqu'il entendit plus distinctement certaines paroles, prononcées en cette langue bizarre qui avait déjà frappé son oreille pendant la nuit, sur le champs de foire.

Instinctivement, il eut la pensée d'écouter.

Les premiers mots qui furent échangés lui permirent de reconnaître précisément les deux voix de femme et d'homme qu'il avait entendues à Nijni-Novgorod. Dès lors, redoublement d'attention de sa part.

—On dit qu'un courrier est parti de Moscou pour Irkoutsk!

—On le dit, Sangarre, mais ce courrier arrivera trop tard, ou il n'arrivera pas!

Michel Strogoff tressaillit involontairement à cette réponse, qui le visait si directement.

Quelques instants après, Michel Strogoff, sans avoir été aperçu, avait regagné l'arrière du steam-boat, et, la tête dans les mains, il s'asseyait à l'écart.

Il ne dormait pas. Il réfléchissait à ceci: ''Qui donc sait mon départ, et qui donc a intérêt à le savoir?''

VIII

EN REMONTANT LA KAMA

Le lendemain, 18 juillet, à six heures quarante du matin, le *Caucase* arrivait à l'embarcadère de Kazan, que 7 kilomètres et demi séparent de la ville. Il devait faire escale à Kazan pendant une heure, temps nécessaire au renouvellement de son combustible.

Quant à débarquer, Michel Strogoff n'en eut pas même l'idée, il n'aurait pas voulu laisser seule à bord la jeune Livonienne, qui n'avait pas encore reparu sur le pont. Les deux journalistes descendirent sur la rive du fleuve et se mêlèrent à la foule, chacun de son côté.

Le bruit courait, sur toute la frontière orientale de la Russie, que le soulèvement et l'invasion prenaient des proportions considérables. Les communications entre la Sibérie et l'empire étaient déjà extrêmement difficiles. Voilà ce que Michel Strogoff, sans avoir quitté le pont du *Caucase*, entendait dire aux nouveaux embarqués. Parmi les voyageurs qui quittaient le *Caucase*, il reconnut le vieux bohémien et la femme qui l'avait traité d'espion. Avec eux, débarquaient une vingtaine de danseuses et de chanteuses.

Michel Strogoff ne douta plus alors que le propos qui le touchait directement ne fût parti de ce groupe noir.

—Si je fais arrêter ce vieux diseur de bonne aventure et sa bande, pensa-t-il, mon incognito risque d'être dévoilé. Et, avant qu'ils aient passé la frontière, je serai déjà loin de l'Oural.

Une heure après, la cloche sonnait à l'avant du *Caucase*, appelant les nouveaux passagers, rappelant les anciens. Il était sept heures du matin. Le chargement du combustible venait d'être achevé. Le steam-boat était prêt à partir.

Les voyageurs, qui allaient de Kazan à Perm, occupaient déjà leurs places à bord. En ce moment, Michel Strogoff remarqua que, des deux journalistes, Harry Blount était le seul qui eût rejoint le steam-boat.

Mais à l'instant où l'on détachait les amarres, apparut Alcide Jolivet, tout courant. Le steam-boat avait déjà débordé, la passerelle était même retirée sur le quai, mais Alcide Jolivet ne s'embarrassa pas de si peu et sauta sur le pont du *Caucase*, presque dans les bras de son confrère.

—J'ai cru que le *Caucase* allait partir sans vous, dit celui-ci d'un air moitié figue, moitié raisin.

—Bah! répondit Alcide Jolivet, j'aurais bien su vous rattraper. Que voulez-vous? Il y avait loin de l'embarcadère au télégraphe!

—Vous êtes allé au télégraphe? demanda Harry Blount.
—J'y suis allé! répondit Alcide Jolivet.
—Et il fonctionne toujours jusqu'à Kolyvan?
—Cela, je l'ignore, mais je puis vous assurer, par exemple, qu'il fonctionne de Kazan à Paris!
—Vous avez adressé une dépêche... à votre cousine?...
—Avec enthousiasme.
—Vous avez donc appris?...
—Les Tartares, Féofar-Khan à leur tête, ont dépassé Sémipalatinsk et descendent le cours de l'Irtyche.

Vers dix heures du matin, la jeune Livonienne, ayant quitté sa cabine, monta sur le pont.

Nadia avait laissé sa main dans la main de son compagnon, et bientôt, se retournant vers lui:

—A quelle distance sommes-nous de Moscou? lui demanda-t-elle.

—A neuf cents verstes![1] répondit Michel Strogoff.

—Neuf cents sur sept mille! murmura la jeune fille.

C'était l'heure du déjeuner qui fut annoncé par quelques tintements de la cloche. Nadia suivit Michel Strogoff au restaurant du steam-boat. Elle mangea peu, et peut-être comme une pauvre fille dont les ressources sont très restreintes. Michel Strogoff crut donc devoir se contenter du menu qui allait suffire à sa compagne.

Ce repas ne fut donc ni long ni coûteux, et, moins de vingt minutes après s'être mis tous les deux à table, Michel Strogoff et Nadia remontaient ensemble sur le pont du *Caucase*. Alors, Nadia, baissant la voix de manière à n'être entendue que de lui seul:

—Frère, dit-elle, je suis la fille d'un exilé. Je me nomme Nadia Fédor. Ma mère est morte à Riga, il y a un mois à peine, et je vais à Irkoutsk rejoindre mon père pour partager son exil.

—Je vais moi-même à Irkoutsk, répondit Michel Strogoff, et

---

1. La verste vaut 1067 mètres.

je regarderai comme une faveur du Ciel de remettre Nadia Fédor, saine et sauve, entre les mains de son père.

—Merci, frère! répondit Nadia.

Michel Strogoff ajouta alors qu'il avait obtenu un podaroshna spécial pour la Sibérie, et que, du côté des autorités russes, rien ne pourrait entraver sa marche.

Nadia n'en demanda pas davantage.

—J'avais, lui dit-elle, un permis qui me donnait l'autorisation de me rendre à Irkoutsk; mais l'arrêté du gouverneur de Nijni-Novgorod est venu l'annuler.

—Et seule, Nadia, répondit Michel Strogoff, seule tu osais t'aventurer à travers les steppes de la Sibérie!

—C'était mon devoir, frère.

—Mais ne savais-tu pas que le pays, soulevé et envahi, était devenu presque infranchissable?

—L'invasion tartare n'était pas connue quand je quittai Riga, répondit la jeune Livonienne. C'est à Moscou seulement que j'ai appris cette nouvelle!

—Et, malgré cela, tu as poursuivi ta route?

—C'était mon devoir.

Elle parla alors de son père, Wassili Fédor. C'était un médecin estimé de Riga. Il exerçait sa profession avec succès et vivait heureux au milieu des siens. Mais, son affiliation à une société secrète étrangère ayant été établie, il reçut l'ordre de partir pour Irkoutsk.

Wassili Fédor n'eut que le temps d'embrasser sa femme, déjà bien souffrante, sa fille, qui allait peut-être rester sans appui, et, pleurant sur ces deux êtres qu'il aimait, il partit. Depuis deux ans, il habitait la capitale de la Sibérie orientale, et, là, il avait pu continuer, mais presque sans profit, sa profession de médecin. Vingt mois après le départ de son mari, Mme Fédor mourut dans les bras de sa fille qu'elle laissait seule et presque sans ressource. Nadia Fédor obtint du gouvernement russe l'autorisation de rejoindre son père à Irkoutsk.

Pendant ce temps, le *Caucase* remontait le courant de la rivière. La nuit était venue.

IX

EN TARENTASS NUIT ET JOUR

Le lendemain, 18 juillet, le *Caucase* s'arrêtait au débarcadère de Perm.

Michel Strogoff avait déjà arrêté son programme de voyage, et il n'était plus question que de l'exécuter.

Il préférait acheter une voiture et courir de relais en relais, en activant par des *na vodkou*[1] supplémentaires le zèle de ces postillons appelés iemschiks dans le pays.

Mais à quel genre de véhicule atteler ces chevaux? A une télègue ou à un tarentass?

La télègue n'est qu'un véritable chariot découvert, à quatre roues, dans la confection duquel il n'entre absolument que du bois. Rien de plus primitif, rien de moins confortable, mais aussi rien de plus facile à réparer, si quelque accident se produit en route.

Michel Strogoff aurait bien été forcé d'employer la télègue, s'il n'eût été assez heureux pour découvrir un tarentass. Ses quatre roues, écartées à neuf pieds à l'extrémité de chaque essieu, lui assurent un certain équilibre. Un garde-crotte protège ses voyageurs contre les boues du chemin, et une forte capote de cuir pouvant se rabaisser et le fermer presque hermétiquement, en rend l'occupation moins désagréable par les grandes chaleurs et les violentes bourrasques de l'été.

—Sœur, dit Michel Strogoff, j'aurais voulu trouver pour toi quelque voiture plus confortable.

—Tu me dis cela, frère, à moi qui serais allée, même à pied, s'il l'avait fallu, rejoindre mon père.

—Je ne doute pas de ton courage, Nadia, mais il est des fatigues physiques qu'une femme ne peut supporter.

—Je les supporterai, quelles qu'elles soient, répondit la jeune fille. Si tu entends une plainte s'échapper de mes lèvres, laisse-moi en route et continue seul ton voyage!

Une demi-heure plus tard, sur la présentation du podaroshna, trois chevaux de poste étaient attelés au tarentass.

Ni Michel Strogoff, ni la jeune Livonienne n'emportaient de bagages. C'était heureux, car le tarentass n'aurait pu les prendre. Il n'était fait que pour deux personnes, sans compter l'iemschik, le postillon, qui ne se tient sur son siège étroit que par un miracle d'équilibre.

---

[1]. Pourboires.

Cet iemschik change, d'ailleurs, à chaque relais.

L'iemschik, en arrivant avec son attelage, avait tout d'abord jeté un regard inquisiteur sur les voyageurs du tarentass. Pas de bagages! Donc, apparence peu fortunée. Il fit une moue des plus significatives.

—Des corbeaux, dit-il sans se soucier d'être entendu ou non, des corbeaux à six kopecks par verste?

—Non! des aigles, répondit Michel Strogoff qui comprenait parfaitement l'argot des iemschiks, des aigles, entends-tu, à neuf kopecks par verste, le pourboire en sus!

Un joyeux claquement de fouet lui répondit. Le "corbeau", c'est le voyageur avare ou indigent, qui ne paie les chevaux qu'à deux ou trois kopecks par verste. L'"aigle", c'est le voyageur qui ne recule pas devant les hauts prix, sans compter les généreux pourboires.

Nadia et Michel Strogoff prirent immédiatement place dans le tarentass. La capote fut rabattue, car la chaleur était insoutenable, et, à midi, le tarentass, enlevé par ses trois chevaux, quittait Perm.

Michel Strogoff était habitué à ce genre de véhicule et à ce mode de transport. Ni les soubresauts, ni les cahots ne pouvaient l'incommoder.

Pendant les premiers instants du voyage, Nadia, ainsi emportée à toute vitesse, demeura sans parler. Puis, toujours obsédée de cette pensée unique, arriver, arriver:

—J'ai compté trois cents verstes entre Perm et Ekaterinbourg, frère! Me suis-je trompée?

—Tu ne t'es pas trompée, Nadia, répondit Michel Strogoff, et lorsque nous aurons atteint Ekaterinbourg, nous serons au pied même des monts Ourals, sur leur versant opposé.

—Que durera cette traversée dans la montagne?

—Quarante-huit heures, car nous voyagerons nuit et jour. Je dis nuit et jour, Nadia, ajouta-t-il, car je ne peux pas m'arrêter même un instant, et il faut que je marche sans relâche vers Irkoutsk.

—Je ne te retarderai pas, frère, non, pas même une heure, et nous voyagerons nuit et jour.

—Eh bien, alors, Nadia, avant vingt jours, nous serons arrivés!

—Tu as déjà fait ce voyage? demanda Nadia.

—Plusieurs fois.

—Pendant l'hiver, nous aurions été plus rapidement et plus sûrement, n'est-ce pas?

—Oui, plus rapidement surtout, mais tu aurais bien souffert du froid et des neiges!

—Qu'importe! L'hiver est l'ami du Russe.

—Oui, Nadia, mais quel tempérament à toute épreuve il faut pour résister à une telle amitié!

—Combien de fois as-tu traversé la steppe pendant l'hiver? demanda la jeune Livonienne.

—Trois fois, Nadia, lorsque j'allais à Omsk.

—Et qu'allais-tu faire à Omsk?

—Voir ma mère, qui m'attendait!

—Et moi, je vais à Irkoutsk, où m'attend mon père!

—Tu es une brave enfant, Nadia, répondit Michel Strogoff, et Dieu lui-même t'aurait conduite!

Pendant cette journée, le tarentass fut mené rapidement par les iemschiks qui se succédèrent à chaque relais.

Michel Strogoff et Nadia n'étaient pas seuls à suivre la route de Perm à Ekaterinbourg. Dès les premiers relais, le courrier du czar avait appris qu'une voiture le précédait.

Pendant cette journée, les quelques haltes, durant lesquelles se reposa le tarentass, ne furent uniquement faites que pour les repas. Aux maisons de poste, on trouve à se loger et à se nourrir. Michel Strogoff et Nadia, décidés à ne pas s'arrêter une heure, voyagèrent toute la nuit.

Le lendemain, 20 juillet, vers huit heures du matin, les premiers profils des monts Ourals de dessinèrent dans l'est. Cependant, cette importante chaîne, qui sépare la Russie d'Europe de la Sibérie, se trouvait encore à une grande distance, et on ne pouvait compter l'atteindre avant la fin de la journée. Le passage des montagnes devrait donc nécessairement s'effectuer pendant la nuit prochaine. Durant cette journée, le ciel resta constamment couvert, et, par conséquent, la température fut un peu plus supportable, mais le temps était extrêmement orageux.

Peut-être, avec cette apparence, eût-il été plus prudent de ne pas s'engager dans la montagne en pleine nuit, et c'est ce qu'eût fait Michel Strogoff, s'il lui eût été permis d'attendre; mais quand, au dernier relais, l'iemschik signala à Michel Strogoff quelques coups de tonnerre qui roulaient dans les profondeurs du massif, il se contenta de lui dire:

—Une télègue nous précède toujours?
—Oui.
—Quelle avance a-t-elle maintenant sur nous?
—Une heure environ.
—En avant, et triple pourboire si nous sommes demain matin à Ekaterinbourg!

X

UN ORAGE DANS LES MONTS OURALS

Les monts Ourals se développent sur une étendue de près de trois mille verstes (3200 kilomètres) entre l'Europe et l'Asie. Ils sont justement nommés, puisque ce nom singulier signifie "ceinture".

La nuit devait suffire à cette traversée des montagnes, si aucun accident ne survenait. Malheureusement, les premiers grondements du tonnerre annonçaient un orage que l'état particulier de l'atmosphère devait rendre redoutable.

Michel Strogoff veilla à ce que sa jeune compagne fût installée aussi bien que possible. La capote fut maintenue plus solidement au moyen de cordes qui se croisaient au-dessus et à l'arrière. On doubla les traits des chevaux, et, par surcroît de précaution, le heurtequin des moyeux fut rembourré de paille, autant pour assurer la solidité des roues que pour adoucir les chocs, difficiles à éviter dans une nuit obscure.

Nadia reprit sa place au fond de la caisse, et Michel Strogoff s'assit près d'elle. Devant la capote, complètement abaissée, pendaient deux rideaux de cuir, qui, dans une certaine mesure, devaient abriter les voyageurs.

Deux grosses lanternes avaient été fixées au côté gauche du siège de l'iemschik. On le voit, toutes les précautions étaient prises, et, devant cette nuit menaçante, il était bon qu'elles le fussent.

—Nadia, nous sommes prêts, dit Michel Strogoff.

—Partons, répondit la jeune fille, et le tarentass s'ébranla.

Il était huit heures, le soleil allait se coucher.

Michel Strogoff savait, pour l'avoir éprouvé déjà, ce qu'est un orage dans la montagne. Au départ, la pluie ne tombait pas encore. Michel Strogoff avait soulevé les rideaux de cuir qui protégeaient l'intérieur du tarentass, et il regardait devant lui.

Nadia, immobile, les bras croisés, regardait aussi, mais sans se pencher.

Michel Strogoff, pendant quelque temps, resta ainsi en observation. Vers onze heures, les éclairs commencèrent à illuminer le ciel et ne discontinuèrent plus.

—A quelle heure arriverons-nous au sommet du col? demanda Michel Strogoff à l'iemschik.

—A une heure du matin..., si nous y arrivons! répondit celui-ci en secouant la tête.

—Dis-donc, l'ami, tu n'en es pas à ton premier orage dans la montagne, n'est-ce pas?

—Non, et fasse Dieu que celui-ci ne soit pas mon dernier!

—As-tu donc peur?

—Je n'ai pas peur, mais je te répète que tu as eu tort de partir.

—J'aurais eu plus grand tort de rester.

—Va donc, mes pigeons! répliqua l'iemschik, en homme qui n'est pas là pour discuter, mais pour obéir.

En ce moment, un frémissement lointain se fit entendre. A la lueur d'un éclair qui fut presque aussitôt suivi d'un éclat de tonnerre terrible, Michel Strogoff aperçut une avalanche de troncs brisés qui traversa la route, après avoir rebondi sur les rocs, et alla se perdre dans l'abîme de gauche, à deux cents pas en avant du tarentass.

Les chevaux s'étaient arrêtés court.

Michel Strogoff saisit la main de Nadia.

—Dors-tu sœur? lui demanda-t-il.

— Non, frère.
— Sois prête à tout. Voici l'orage!
— Je suis prête.

Michel Strogoff n'eut que le temps de fermer les rideaux de cuir du tarentass. La bourrasque arrivait en foudre. L'iemschik, sautant de son siège, se jeta à la tête de ses chevaux, afin de les maintenir, car un immense danger menaçait tout l'attelage.

En effet, le tarentass, immobile, se trouvait alors à un tournant de la route par lequel débouchait la bourrasque. Il fallait donc le tenir tête au vent, sans quoi, pris de côté, il eût immanquablement chaviré et eût été précipité dans un profond abîme. Les chevaux, repoussés par les rafales, se cabraient, et l'iemschik n'était plus maître de son attelage. A ce moment, Michel Strogoff, s'élançant d'un bond hors du tarentass, lui vint en aide. Doué d'une force peu commune, il parvint, non sans peine, à maîtriser les chevaux.

Mais la furie de l'ouragan redoublait alors. Une avalanche de pierres et de troncs d'arbres commençait à rouler du haut du talus.

—Nous ne pouvons rester ici, dit Michel Strogoff.

—Nous n'y resterons pas non plus! s'écria l'iemschik. L'ouragan aura bientôt fait de nous envoyer au bas de la montagne, et par le plus court!

—Prends le cheval de droite, poltron! répondit Michel Strogoff. Moi, je réponds de celui de gauche!

Un nouvel assaut de la rafale interrompit Michel Strogoff. Le conducteur et lui durent se courber jusqu'à terre pour ne pas être renversés; mais la voiture, malgré leurs efforts et ceux des chevaux qu'ils maintenaient debout au vent, recula de plusieurs longueurs, et, sans un tronc d'arbre qui l'arrêta, elle était précipitée hors de la route.

—N'aie pas peur, Nadia! cria Michel Strogoff.

—Je n'ai pas peur, répondit la jeune Livonienne, sans que sa voix trahît la moindre émotion.

Les roulements du tonnerre avaient cessé un instant.

—Veux-tu redescendre? dit l'iemschik.

—Non, il faut remonter! Il faut passer ce tournant! Plus haut, nous aurons l'abri du talus!

—Mais les chevaux refusent!

—Fais comme moi, et tire-les en avant!

—La bourrasque va revenir!

—Obéiras-tu?

—Tu le veux!

—C'est le Père qui l'ordonne! répondit Michel Strogoff, qui

invoqua pour la première fois le nom de l'empereur.

—Va donc, mes hirondelles! s'écria l'iemschik, saisissant le cheval de droite, pendant que Michel Strogoff en faisait autant de celui de gauche.

Les chevaux, ainsi tenus, reprirent péniblement la route.

Michel Strogoff et l'iemschik mirent plus de deux heures à remonter cette portion de chemin, longue d'une demi-verste au plus.

Soudain, un de ces blocs fut aperçu, dans l'épanouissement d'un éclair, roulant dans la direction du tarentass. L'iemschik poussa un cri. Michel Strogoff, d'un vigoureux coup de fouet, voulut faire avancer l'attelage qui refusa.

Michel Strogoff, en un vingtième de seconde, vit à la fois le tarentass atteint, sa compagne écrasée! Il comprit qu'il n'avait plus le temps de l'arracher vivante du véhicule!... Mais alors, se jetant à l'arrière, le dos à l'essieu, les pieds arc-boutés au sol, il repoussa de quelques pieds la lourde voiture.

L'énorme bloc, en passant, frôla la poitrine du jeune homme.

—Frère! s'était écriée Nadia, épouvantée, qui avait vu toute cette scène à la lueur de l'éclair.

—Nadia! répondit Michel Strogoff, Nadia, ne crains rien!...

—Ce n'est pas pour moi que je pouvais craindre!

—Dieu est avec nous, sœur!

—Avec moi, bien sûr, puisqu'il t'a mis sur ma route! murmura la jeune fille.

La poussée du tarentass, due à l'effort de Michel Strogoff, ne devait pas être perdue. Ce fut l'élan donné qui permit aux chevaux affolés de reprendre leur première direction.

L'orage était alors dans toute sa fureur.

Très heureusement, le tarentass avait pu être, pour ainsi dire, remisé dans une profonde anfractuosité que la bourrasque ne frappait que d'écharpe. Nadia dut abandonner la place qu'elle y occupait. Michel Strogoff découvrit une excavation, et la jeune fille put s'y blottir, en attendant que le voyage pût être repris.

En ce moment, il était une heure du matin, la pluie commença à tomber. Cette complication rendait tout départ impossible.

Donc, quelle que fût l'impatience de Michel Strogoff, il lui fallut laisser passer le plus fort de la tourmente.

—Attendre, c'est grave, dit alors Michel Strogoff, mais c'est sans doute éviter de plus longs retards. Vers trois heures, le jour commencera à reparaître, et la descente deviendra possible après le lever du soleil.

—Attendons, frère, répondit Nadia, mais si tu retardes ton départ, que ce ne soit pas pour m'épargner une fatigue ou un danger!

—Nadia, je sais que tu es décidée à tout braver, mais, en nous compromettant tous deux, je risquerais plus que ma vie, plus que la tienne, je manquerais à la tâche, au devoir que j'ai avant tout à accomplir!

—Un devoir!... murmura Nadia.

En ce moment, un violent éclair déchira le ciel, et sembla, pour ainsi dire, volatiliser la pluie. L'iemschik, jeté à terre par une sorte de choc en retour, se releva heureusement sans blessures. Michel Strogoff sentit la main de Nadia s'appuyer fortement sur la sienne, et il l'entendit murmurer ces mots à son oreille:

—Des cris, frère! Ecoute!

XI

VOYAGEURS EN DÉTRESSE

En effet, pendant cette courte accalmie, des cris se faisaient entendre vers la partie supérieure de la route. C'était comme un appel désespéré, évidemment jeté par quelque voyageur en détresse. Michel Strogoff, prêtant l'oreille, écoutait.
—Des voyageurs qui demandent du secours! s'écria Nadia.
—S'ils ne comptent que sur nous!... répondit l'iemschik.
—Pourquoi non? s'écria Michel Strogoff. Ce qu'ils feraient pour nous en pareille circonstance, ne devons-nous pas le faire pour eux?
—Mais vous n'allez pas exposer la voiture et les chevaux!...
—J'irai à pied, répondit Michel Strogoff, interrompant l'iemschik.
—Je t'accompagne, frère, dit la jeune Livonienne.
—Non, reste, Nadia. L'iemschik demeurera près de toi. Je ne veux pas le laisser seul...
—Je resterai, répondit Nadia.
—Quoi qu'il arrive, ne quitte pas cet abri!
—Tu me retouveras là où je suis.

Michel Strogoff serra la main de sa compagne, et, franchissant le tournant du talus, il disparut aussitôt dans l'ombre.

—Ton frère a tort, dit l'iemschik à la jeune fille.

—Il a raison, répondit simplement Nadia.

Cependant, Michel Strogoff remontait rapidement la route. La pluie avait cessé, mais la bourrasque redoublait de violence. Les cris devenaient de plus en plus distincts. Il fut bientôt évident que les voyageurs ne devaient plus être éloignés. Bien que Michel Strogoff ne pût encore les voir, leurs paroles, cependant, arrivaient assez distinctement à son oreille. Or voici ce qu'il entendit, ce qui ne laissa pas de lui causer une certaine surprise:

—Butor! reviendras-tu?

—Je te ferai knouter au prochain relais!

—Entends-tu, postillon du diable! Eh! Là-bas!

—Voilà comme ils vous conduisent dans ce pays!...

—Et ce qu'ils appellent une télègue!

—Eh! triple brute! Il détale toujours et ne paraît pas s'apercevoir qu'il nous laisse en route!

—Me traiter ainsi, moi! Un Anglais accrédité! Je me plaindrai à la chancellerie, et je le ferai pendre!

Celui qui parlait ainsi était véritablement dans une grosse colère. Mais tout à coup, il sembla à Michel Strogoff que le second interlocuteur prenait son parti de ce qui se passait, car l'éclat de rire le plus inattendu, au milieu d'une telle scène, retentit soudain et fut suivi de ces paroles:

—Eh bien, non! décidément, c'est trop drôle!

—Vous osez rire! répondit d'un ton passablement aigre le citoyen du Royaume-Uni.

—Certes oui, cher confrère, et de bon cœur.

En ce moment, un violent coup de tonnerre remplit le défilé. Puis, après que le dernier roulement se fût éteint, la voix joyeuse retentit encore, disant:

—Oui, extraordinairement drôle! Voilà certainement qui n'arriverait pas en France!

—Ni en Angleterre! répondit l'Anglais.

Sur la route, largement éclairée alors par les éclairs, Michel

Strogoff aperçut, à vingt pas, deux voyageurs juchés l'un près de l'autre sur le banc de derrière d'un singulier véhicule, qui paraissait être profondément embourbé dans quelque ornière.

Michel Strogoff s'approcha des deux voyageurs, dont l'un continuait de rire et l'autre de maugréer, et il reconnut les deux correspondants de journaux.

—Eh! bonjour, monsieur! s'écria le Français. Enchanté de vous voir dans cette circonstance! Permettez-moi de vous présenter mon ennemi intime, M. Blount.

Le reporter anglais salua. Michel Strogoff lui dit:

—Inutile, messieurs, nous nous connaissons, puisque nous avons déjà voyagé ensemble sur le Volga.

—Ah! très bien! Parfait! monsieur...?

—Nicolas Korpanoff, négociant d'Irkoutsk, répondit Michel Strogoff. Mais m'apprendrez-vous quelle aventure, si lamentable pour l'un, si plaisante pour l'autre, vous est arrivée?

—Je vous fais juge, monsieur Korpanoff, répondit Alcide Jolivet. Imaginez-vous que notre postillon est parti avec l'avant-train de son infernal véhicule, nous laissant en panne sur l'arrière-train de son absurde équipage!

—Pas drôle du tout! répondit l'Anglais.

—Mais si, confrère! Vous ne savez vraiment pas prendre les choses par leur bon côté!

—Et comment, s'il vous plaît, pourrons-nous continuer notre route? demanda Harry Blount.

—Rien n'est plus simple, répondit Jolivet. Vous allez vous atteler à ce qui nous reste de voiture; moi, je prendrai les guides, je vous appellerai mon petit pigeon, comme un véritable iemschik, et vous marcherez comme un vrai postier!

—Monsieur Jolivet, répondit l'Anglais, cette plaisanterie passe les bornes, et...

—Soyez calme, confrère. Quand vous serez fourbu, je vous remplacerai, et vous aurez droit de me traiter d'escargot poussif ou de tortue qui se pâme, si je ne vous mène pas d'un train d'enfer!

Alcide Jolivet disait toutes ces choses avec une telle bonne humeur, que Michel Strogoff ne put s'empêcher de sourire.

—Messieurs, dit-il alors, il y a mieux à faire. Nous sommes arrivés, ici, au col supérieur de la chaîne de l'Oural, et, par conséquent, nous n'avons plus maintenant qu'à descendre les pentes de la montagne. Ma voiture est là, à cinq cents pas en arrière. Je vous prêterai un de mes chevaux, on l'attellera à la caisse de votre télègue.

—Monsieur Korpanoff, répondit Alcide Jolivet, voici une proposition qui part d'un cœur généreux!

—J'ajoute, monsieur, répondit Michel Strogoff, que si je ne vous offre pas de monter dans mon tarentass, c'est qu'il ne contient que deux places, et que ma sœur et moi, nous les occupons déjà.

—Comment donc, monsieur, répondit Jolivet, mais mon confrère et moi, avec votre cheval et l'arrière-train de notre demi-télègue, nous irions au bout du monde!

—Monsieur, reprit Harry Blount, nous acceptons votre offre obligeante. Quant à cet iemschik!...

—Oh! croyez bien que ce n'est pas la première fois que pareille aventure lui arrive! répondit Michel Strogoff.

—Mais, alors, pourquoi ne revient-il pas? Il sait parfaitement qu'il nous a laissés en arrière, le misérable!

—Lui! Il ne s'en doute même pas!

—Quoi! Ce brave homme ignore qu'une scission s'est opérée entre les deux parties de sa télègue?

—Il l'ignore, et c'est de la meilleure foi du monde qu'il conduit son avant-train à Ekaterinbourg!

—Quand je vous disais que c'était tout ce qu'il y a de plus plaisant, confrère! s'écria Alcide Jolivet.

—Si donc, messieurs, vous voulez me suivre, reprit Michel Strogoff, nous rejoindrons ma voiture, et...

—Mais la télègue? fit observer l'Anglais.

—Ne craignez pas qu'elle s'envole, mon cher Blount! s'écria Alcide Jolivet, la voilà si bien enracinée dans le sol, qui si on l'y laissait, au printemps prochain il y pousserait des feuilles.

—Venez donc, messieurs, dit Michel Strogoff, et nous ramè-

nerons ici le tarentass.

Le Français et l'Anglais, descendant de la banquette de fond, devenue ainsi siège de devant, suivirent Michel Strogoff. Tout en marchant, Alcide Jolivet, suivant son habitude, causait avec sa bonne humeur que rien ne pouvait altérer.

—Ma foi, monsieur Korpanoff, dit-il à Michel Strogoff, vous nous tirez là d'un fier embarras!

—Je n'ai fait, monsieur, répondit Michel Strogoff, que ce que tout autre eût fait à ma place.

—A charge de revanche, monsieur. Si vous allez loin dans les steppes, il est possible que nous nous rencontrions encore et...

Alcide Jolivet ne demandait pas à Michel Strogoff où il allait, mais celui-ci répondit aussitôt:

—Je vais à Omsk, messieurs.

—Et M. Blount et moi, reprit Alcide Jolivet, nous allons un peu devant nous, là où il y aura quelque nouvelle à attraper.

—Dans les provinces envahies? demanda Michel Strogoff avec un certain empressement.

—Précisément, monsieur Korpanoff, et il est probable que nous ne nous y rencontrerons pas!

—En effet, monsieur, répondit Michel Strogoff. Je suis trop pacifique de mon naturel pour m'aventurer là où on se bat.

—Désolé, monsieur, désolé, et, véritablement, nous ne pourrons que regretter de nous séparer si tôt!

—Vous vous dirigez à Omsk? demanda Michel Strogoff, après avoir réfléchi un instant.

—Nous n'en savons rien encore, répondit Alcide Jolivet.

Michel Strogoff eût évidemment mieux aimé voyager seul mais il ne pouvait, sans que cela parût au moins singulier, chercher à se séparer de deux voyageurs qui allaient suivre la même route que lui.

Puis, du ton le plus indifférent:

—Savez-vous avec quelque certitude où en est l'invasion tartare? demanda-t-il.

—Ma foi, monsieur, nous n'en savons que ce qu'on en disait à Perm, répondit Alcide Jolivet. Les Tartares de Féofar-Khan ont envahi toute la province de Sémipalatinsk, et, depuis quelques jours, ils descendent à marche forcée le cours de l'Irtyche. On ajoutait aussi que le colonel Ogareff avait réussi à passer la frontière sous un déguisement, et qu'il ne pouvait tarder à rejoindre le chef tartare au centre même du pays soulevé.

—Mais comment l'aurait-on su? demanda Michel Strogoff que ces nouvelles, plus ou moins véridiques, intéressaient directement.

—Eh! comme on sait toutes ces choses, répondit Alcide Jolivet. C'est dans l'air.

—Et vous avez des raisons sérieuses de penser que le colonel Ogareff est en Sibérie?

—J'ai même entendu dire qu'il avait dû prendre la route de Kazan à Ekaterinbourg.

—Ah! vous saviez cela, monsieur Jolivet? dit alors Harry Blount.

—Je le savais, répondit Alcide Jolivet.

—Et saviez-vous qu'il devait être déguisé en bohémien? demanda Harry Blount.

—En bohémien! s'écria presque involontairement Michel Strogoff, qui se rappela la présence du vieux tsigane.

—Je le savais assez pour en faire l'objet d'une lettre à ma cousine, répondit en souriant Alcide Jolivet.

—Vous n'avez pas perdu votre temps à Kazan, fit observer l'Anglais.

—Mais non, cher confrère.

Michel Strogoff songeait à cette troupe de bohémiens, lorsqu'une détonation se fit entendre à une courte distance.

—Ah, messieurs, en avant! s'écria Michel Strogoff.

—Tiens, pour un digne négociant qui fuit les coups de feu, se dit Alcide Jolivet, il court bien vite à l'endroit où ils éclatent!

Et, suivi d'Harry Blount, qui n'était pas homme à rester en arrière, il se précipita sur les pas de Michel Strogoff. Quelques instants après, tous trois étaient en face du saillant qui abritait le tarentass au tournant du chemin. Cependant, Michel Strogoff n'avait pu se tromper. Le bruit d'une arme à feu était bien arrivé jusqu'à lui.

Soudain, un formidable grognement se fit entendre, et une seconde détonation éclata au-delà du talus.

—Un ours! s'écria Michel Strogoff, qui ne pouvait se méprendre à ce grognement. Nadia! Nadia!

Et, tirant son coutelas de sa ceinture, Michel Strogoff s'élança par un bond formidable, et tourna le contrefort derrière lequel la jeune fille avait promis de l'attendre.

Au moment où Michel Strogoff atteignit le tarentass, une masse énorme recula jusqu'à lui. C'était un ours de grande taille. Deux des chevaux, effrayés de la présence de l'énorme animal, brisant leurs traits, avaient pris la fuite, et l'iemschik, ne pensant qu'à ses bêtes, oubliant que la jeune fille allait rester seule en présence de l'ours, s'était jeté à leur poursuite.

La courageuse Nadia n'avait pas perdu la tête. L'animal, qui ne l'avait pas vue tout d'abord, s'était attaqué à l'autre cheval de l'attelage. Nadia avait couru à la voiture, pris un des revolvers de Michel Strogoff, et, marchant hardiment sur l'ours, elle avait fait feu à bout portant.

L'animal, légèrement blessé à épaule, s'était retourné contre la jeune fille. Nadia était revenue droit à l'ours, et, avec un sang-froid surprenant, au moment même où les pattes de l'animal allaient s'abattre sur sa tête, elle avait fait feu sur lui une seconde fois.

C'était cette seconde détonation qui venait d'éclater à quelques pas de Michel Strogoff. Mais il était là. D'un bond il se jeta entre l'ours et la jeune fille. Son bras ne fit qu'un seul mouvement de bas en haut, et l'énorme bête, fendue du ventre à la gorge, tomba sur le sol comme une masse inerte.

—Tu n'es pas blessée, sœur? dit Michel Strogoff, en se précipitant vers la jeune fille.

—Non, frère, répondit Nadia.

En ce moment apparurent les deux journalistes.

Alcide Jolivet se jeta à la tête du cheval et parvint à le contenir. Son compagnon et lui avaient vu la rapide manœuvre de Michel Strogoff.

—Diable! s'écria Alcide Jolivet, pour un simple négociant, monsieur Korpanoff, vous maniez joliment le couteau du chasseur!

—Très joliment, même, ajouta Harry Blount.

—En Sibérie, messieurs, répondit Michel Strogoff, nous sommes forcés de faire un peu de tout!

Alcide Jolivet regarda alors le jeune homme.

"Un rude gaillard!" se dit Alcide Jolivet.

S'avançant alors respectueusement, son chapeau à la main, il vint saluer la jeune fille. Nadia s'inclina légèrement. Alcide Jolivet, se tournant alors vers son compagnon:

—La sœur vaut le frère! dit-il. Si j'étais ours, je ne me frotterais pas à ce couple redoutable et charmant!

Harry Blount, droit comme un piquet, se tenait chapeau bas, à quelque distance.

En ce moment reparut l'iemschik, qui était parvenu à rattraper ses deux chevaux. Il s'occupa de réinstaller son attelage.

Michel Strogoff lui fit alors connaître la situation des deux voyageurs et son projet de mettre un des chevaux de tarentass à leur disposition.

—Comme il te plaira, répondit l'iemschik. Seulement, deux voitures au lieu d'une...

—Bon! l'ami, répondit Alcide Jolivet, qui comprit l'insinuation, on te paiera double.

—Va donc, mes tourtereaux! cria l'iemschik.

Nadia était remontée dans le tarentass, que suivaient à pied Michel Strogoff et ses deux compagnons. Il était trois heures.

Aux premières lueurs de l'aube, le tarentass avait rejoint la télègue.

Un des chevaux de flanc du tarentass fut attelé à la caisse de la télègue. Les deux journalistes reprirent place sur le banc de leur singulier équipage, et les voitures se mirent aussitôt en mouvement.

Six heures après, les deux véhicules arrivaient à Ekaterinbourg.

XII

UNE PROVOCATION

Ni Michel Strogoff ni les deux correspondants ne pouvaient être embarrassés de trouver des moyens de locomotion dans cette ville.

C'était à Ichim que les deux correspondants avaient l'intention de se rendre, c'est-à-dire à six cent trente verstes d'Ekaterinbourg.

Or cette route d'Ekaterinbourg à Ichim était la seule que pût prendre Michel Strogoff.

—Messieurs, dit-il à ses nouveaux compagnons, je serais très satisfait de faire avec vous une partie de mon voyage, mais je dois vous prévenir que je suis extrêmement pressé d'arriver à Omsk. Je ne m'arrêterai donc aux relais que le temps de changer de chevaux, et je voyagerai jour et nuit!

—Nous comptons bien agir ainsi, répondit Harry Blount.

—Soit, reprit Michel Strogoff.

Michel Strogoff et Nadia reprirent place dans leur véhicule, et, à midi, les deux attelages quittèrent de conserve la ville d'Ekaterinbourg.

Nadia était enfin en Sibérie et sur cette longue route qui conduit à Irkoutsk! Mais c'était à peine si elle voyait se dérouler devant ses yeux des longues steppes car son regard allait plus loin que l'horizon, derrière lequel il cherchait le visage de l'exilé!

Cependant, la pensée de Nadia abandonnait quelquefois les lointaines provinces du lac Baïkal, et se reportait alors à sa situation présente. L'image de son père s'effaçait un peu, et elle revoyait son généreux compagnon.

Quant à Michel Strogoff, il parlait peu et réfléchissait beaucoup. Il remerciait Dieu de son côté de lui avoir donné dans cette rencontre de Nadia, en même temps que le moyen de dissimuler sa véritable individualité, une bonne action à faire.

Cependant, depuis qu'il foulait le sol sibérien, les vrais dangers commençaient pour Michel Strogoff. Si les deux journalistes ne se trompaient pas, il fallait agir avec la plus extrême circonspection.

A chaque relais, les deux correspondants descendaient et se retrouvaient avec Michel Strogoff. Lorsque aucun repas ne devait être pris dans la maison de poste, Nadia ne quittait pas le tarentass. Lorsqu'il fallait déjeuner ou dîner, elle venait s'asseoir à table; mais, toujours très réservée, elle ne se mêlait que fort peu à la conversation.

Alcide Jolivet, sans jamais sortir d'ailleurs des bornes d'une parfaite convenance, ne laissait pas d'être empressé près de la jeune Livonienne qu'il trouvait charmante. Il admirait l'énergie silencieuse qu'elle montrait au milieu des fatigues d'un voyage fait dans de si dures conditions.

Le pays alors parcouru par les deux tarentass était presque désert.

Fort heureusement, à chaque relais, les maîtres de poste fournissaient les chevaux dans les conditions réglementaires.

Ainsi donc, jusqu'ici, le voyage de Michel Strogoff s'accomplissait dans des conditions satisfaisantes.

Le lendemain du jour où les deux tarentass avaient quitté Ekaterinbourg, ils atteignaient la petite ville de Toulouguisk, à sept heures du matin.

Le même jour, 22 juillet, à une heure du soir, les deux tarentass arrivaient, soixante verstes plus loin, à Tioumen.

Le lendemain, 23 juillet, les deux tarentass n'étaient plus qu'à trente verstes d'Ichim.

En ce moment, Michel Strogoff aperçut sur la route une voiture qui précédait la sienne. Comme ses chevaux, moins fatigués, couraient avec une rapidité plus grande, il ne devait pas tarder à l'atteindre.

Ce n'était ni un tarentass ni une télègue, mais une berline de poste.

Ce fut Michel Strogoff qui arriva le premier. A ce moment, une tête parut à la portière de la berline. Michel Strogoff entendit très distinctement ce mot, prononcé d'une voix impérieuse, qui lui fut adressé:

—Arrêtez!

On ne s'arrêta pas. Au contraire, et la berline fut bientôt devancée par les deux tarentass.

Ce fut alors une course de vitesse. Les trois voitures avaient disparu dans un nuage de poussière. Néanmoins, l'avantage resta à Michel Strogoff et à ses compagnons, avantage qui pouvait être très important, si le relais était peu fourni de chevaux.

Il était huit heures du soir, lorsque les deux tarentass arrivèrent au relais de poste, à l'entrée d'Ichim.

Michel Strogoff demanda immédiatement des chevaux pour lui.

Le maître de poste donna l'ordre d'atteler. Quant aux deux correspondants, auxquels il parut bon de s'arrêter à Ichim, ils n'avaient pas à se préoccuper d'un moyen de transport immédiat.

Dix minutes après son arrivée au relais, Michel Strogoff fut prévenu que son tarentass était prêt à partir.

Les deux correspondants tendaient la main à Michel Strogoff avec l'intention de la lui serrer le plus cordialement possible, lorsque le bruit d'une voiture se fit entendre au dehors. Presque aussitôt, la porte de la maison de poste s'ouvrit brusquement, et un homme parut.

C'était le voyageur de la berline, un individu à tournure militaire, âgé d'une quarantaine d'années.

—Des chevaux, demanda-t-il avec l'air impérieux d'un homme habitué à commander.

—Je n'ai plus de chevaux disponibles, répondit le maître de poste en s'inclinant.

—Il m'en faut à l'instant.

—C'est impossible.

—Quels sont donc ces chevaux qui viennent d'être attelés au tarentass que j'ai vu à la porte du relais.

—Ils appartiennent à ce voyageur, répondit le maître de poste en montrant Michel Strogoff.

—Qu'on les détèle..., dit le voyageur d'un ton qui n'admettait pas de réplique.

Michel Strogoff s'avança alors.

—Ces chevaux sont retenus par moi, dit-il.

—Peu importe! il me les faut. Allons! Vivement! Je n'ai pas de temps à perdre!

—Je n'ai pas de temps à perdre non plus, répondit Michel Strogoff, qui voulait être calme et se contenait non sans peine.

Nadia était près de lui, calme aussi, mais secrètement inquiète d'une scène qu'il eût mieux valu éviter.

—Assez! répéta le voyageur.

Puis, allant au maître de poste:

—Qu'on détèle ce tarentas, s'écria-t-il avec un geste de menace, et que les chevaux soient mis à ma berline!

Le maître de poste, très embarrassé, ne savait à qui obéir.

Les deux journalistes le regardaient, prêts d'ailleurs à le soutenir, s'il faisait appel à eux.

—Mes chevaux resteront à ma voiture, dit Michel Strogoff.

Le voyageur s'avança alors vers Michel Strogoff en lui posant rudement la main sur l'épaule.

—C'est comme cela! dit-il d'une voix éclatante. Tu ne veux pas me céder tes chevaux?

—Non, répondit Michel Strogoff.

—Eh bien, ils seront à celui de nous deux qui va pouvoir repartir! Défends-toi, car je ne te ménagerai pas!

Et, en parlant ainsi, le voyageur tira violemment son sabre du fourreau et se mit en garde.

Nadie s'était jetée devant Michel Strogoff.

Harry Blount et Alcide Jolivet s'avancèrent vers lui.

—Je ne me battrai pas, dit simplement Michel Strogoff, qui, pour mieux se contenir, croisa ses bras sur sa poitrine.

—Tu ne te battras pas?

—Non.

—Même après ceci? s'écria le voyageur.

—Et, avant qu'on eût pu le retenir, le manche de son fouet frappa l'épaule de Michel Strogoff.

A cette minute, Michel Strogoff pâlit affreusement. Mais, par un suprême effort, il parvint à se maîtriser. Le voyageur sortit de la salle. Le maître de poste le suivit aussitôt.

XIII

AU-DESSUS DE TOUT, LE DEVOIR

Nadia avait deviné qu'un mobile secret dirigeait tous les actes de Michel Strogoff. Elle ne lui demanda, d'ailleurs, aucune explication.

Michel Strogoff resta muet pendant toute cette soirée. Le maître de poste ne pouvant plus fournir de chevaux frais que le lendemain matin, c'était une nuit entière à passer au relais.

Il éprouva alors un insurmontable besoin de savoir quel était l'homme qui l'avait frappé, d'où il venait, où il allait.

Michel Strogoff fit demander le maître de poste.

—Connais-tu cet homme qui a pris mes chevaux?

—Non.

Il se retira sans ajouter un mot.

Le lendemain, 24 juillet, à huit heures du matin, le tarentass était attelé de trois vigoureux chevaux. Michel Strogoff et Nadia y prirent place.

Aux divers relais où il s'arrêta pendant cette journée, il put constater que la berline le précédait toujours sur la route d'Irkoutsk.

Michel Strogoff, depuis le relais d'Ichim, était demeuré taciturne.

Il vint à la pensée de Nadia que si Omsk était envahie par les Tartares, la mère de Michel Strogoff, qui habitait cette ville, courait des dangers dont son fils devait extrêmement s'inquiéter.

Nadia crut donc, à un certain moment, devoir lui parler de la vieille Marfa.

—Tu n'as reçu aucune nouvelle de ta mère depuis le début de l'invasion? lui demanda-t-elle.

—Aucune, Nadia. La dernière lettre que ma mère m'a écrite date déjà de deux mois.

—J'irai la voir, frère, dit Nadia vivement. Puisque tu me donnes ce nom de sœur, je suis la fille de Marfa!

Et, comme Michel ne répondait pas:

—Peut-être, ajouta-t-elle, ta mère a-t-elle pu quitter Omsk?

—Cela est possible, répondit Michel Strogoff.

—Et quand la verras-tu?

—Je la verrai... au retour.

—Cependant, si ta mère est à Omsk, tu prendras bien une heure pour aller l'embrasser?

—Je n'irai pas l'embrasser!

—Tu ne la verras pas?

—Non, Nadia!... répondit Michel Strogoff.

—Tu dis: non! Ah! frère, pour quelles raisons, si ta mère est à Omsk, peux-tu refuser de la voir?

—Pour quelles raisons, Nadia? s'écria Michel Strogoff. Mais pour les raisons qui m'ont fait patient jusqu'à la lâcheté avec le misérable dont...

Il ne put achever sa phrase.

—Calme-toi, frère, dit Nadia. Je ne sais qu'une chose, ou plutôt je ne la sais pas, je la sens! C'est qu'un sentiment domine maintenant toute ta conduite, celui d'un devoir plus sacré, s'il en peut être un, que celui qui lie le fils à la mère!

Nadia se tut.

Le lendemain, 25 juillet, à trois heures du matin, le tarentass arrivait au relais de poste de Tioukalinsk.

On relaya rapidement. Cependant, et pour la première fois, l'iemschik fit quelques difficultés pour partir, affirmant que des détachements tartares battaient la steppe.

Michel Strogoff ne triompha du mauvais vouloir de l'iemschik qu'à prix d'argent.

Enfin, le tarentass partit; une heure après, il se trouvait sur les bords du fleuve Irtyche. Omsk n'était plus qu'à une vingtaine de verstes.

L'embarquement se fit non sans peine, car les berges étaient en partie inondées, et le bac ne pouvait pas les accoster d'assez près.

Toutefois, après une demi-heure d'efforts, le batelier eut installé dans le bac le tarentass et les trois chevaux. Michel Strogoff, Nadia et l'iemschik s'y embarquèrent alors, et l'on déborda.

Les deux bateliers ne doutaient pas d'ailleurs de mener à bien cette difficile traversée de l'Irtyche.

Le bac se trouvait engagé dans le milieu du courant, à égale distance environ des deux rives, et il descendait avec une vitesse de deux verstes à l'heure, lorsque Michel Strogoff, se levant, regarda attentivement en amont du fleuve. Il aperçut alors plusieurs barques que le courant emportait avec une grande rapidité, car à l'action de l'eau se joignait celle des avirons dont elles étaient armées.

La figure de Michel Strogoff se contracta tout à coup, et une exclamation lui échappa.

—Qu'y a-t-il? demanda la jeune fille.

Soudain, un des bateliers s'écria:

—Les Tartares! Les Tartares!

C'étaient, en effet, des barques chargées de soldats qui descendaient rapidement l'Irtyche.

Quelques instants plus tard, un choc se produisit... Les barques avaient abordé le bac par le travers.

—Viens, Nadia! s'écria Michel Strogoff, prêt à se jeter par-dessus le bord.

La jeune fille allait le suivre, quand Michel Strogoff, frappé d'un coup de lance, fut précipité dans le fleuve, le courant l'entraîna, sa main s'agita un instant au-dessus des eaux, et il disparut.

Nadia avait poussé un cri, mais avant qu'elle eût le temps de se jeter à la suite de Michel Strogoff, elle était saisie, enlevée, et déposée dans une des barques.

XIV

MÈRE ET FILS

Omsk est la capitale officielle de la Sibérie occidentale.

Les Tartares tentèrent de l'enlever de vive force, et ils y réussirent après quelques jours d'investissement.

La garnison d'Omsk, réduite à deux mille hommes, avait vaillamment résisté. Mais, accablée par les troupes de l'émir, repoussée peu à peu de la ville marchande, elle avait dû se réfugier dans la ville haute.

C'est là que le gouverneur général, ses officiers, ses soldats s'étaient retranchés. Ils avaient fait du haut quartier d'Omsk une sorte de citadelle et, jusqu'alors, ils tenaient bon, sans grand espoir d'être secourus à temps. En effet, les troupes tartares, qui descendaient le cours de l'Irtyche, recevaient chaque jour de nouveaux renforts, et elles étaient dirigées par un officier, traître à son pays: le colonel Ivan Ogareff.

Ivan Ogareff était un militaire instruit. Féofar-Khan avait donc en lui un lieutenant digne de le seconder dans cette guerre sauvage.

Le coup qui avait frappé Michel Strogoff n'était pas mortel.

En nageant, il avait atteint la rive droite, où il tomba évanoui entre les roseaux. Quand il revint à lui, il se trouva dans la cabane d'un moujik. Il allait demander où il était lorsque le moujik lui raconta les divers incidents de la lutte dont il avait été témoin.

—Une jeune fille m'accompagnait! dit-il.

—Ils ne l'ont pas tuée! répondit le moujik. Ils l'ont emmenée dans leur barque, et ils ont continué de descendre l'Irtyche!

—Où suis-je? demanda-t-il.

—Sur la rive droite de l'Irtyche, et seulement à cinq verstes d'Omsk, répondit le moujik.

—Quelle blessure ai-je donc reçue, qui ait pu me foudroyer ainsi?

—Un coup de lance à la tête, cicatrisé maintenant, répondit le moujik. Après quelques jours de repos, petit frère, tu pourras continuer ta route.

Michel Strogoff tendit la main au moujik. Puis, se redressant par un subit effort:

—Ami, dit-il, depuis combien de temps suis-je dans ta cabane?

—Depuis trois jours.

—Trois jours de perdus!

—Trois jours pendant lesquels tu as été sans connaissance!

—As-tu un cheval à me vendre?

—Tu veux partir?

—A l'instant.

—Je n'ai ni cheval ni voiture, petit frère! Où les Tartares ont passé, il ne reste plus rien!

—Eh bien, j'irai à pied à Omsk chercher un cheval.

—Quelques heures de repos encore, et tu seras mieux en état de continuer ton voyage!

—Pas une heure!

—Viens donc! répondit le moujik. Je te conduirai moi-même. Les Russes sont encore en grand nombre à Omsk, et tu pourras passer inaperçu.

—Ami, répondit Michel Strogoff, que le Ciel te récompense de tout ce que tu as fait pour moi!

—Une récompense! Les fous seuls en attendent sur la terre, répondit le moujik.

Michel Strogoff sortit de la cabane. Un seul but se dressait devant ses yeux, c'était cette lointaine Irkoutsk qu'il lui fallait atteindre! Mais il lui fallait traverser Omsk sans s'y arrêter.

Michel Strogoff et le moujik arrivèrent bientôt au quartier marchand de la ville basse, et, bien qu'elle fût occupée militairement, ils y entrèrent sans difficulté.

Au-dessus de la ville marchande, s'étageait le haut quartier, qu'Ivan Ogareff n'avait encore pu réduire.

Michel Strogoff connaissait parfaitement la ville d'Omsk, et, tout en suivant son guide, il évita les rues trop fréquentées.

Il s'arrêta soudain et se rejeta derrière un pan de mur.

En ce moment, un détachement de Tartares débouchait de la place principale et prenait la même rue que Michel Strogoff et son compagnon.

Quand l'escorte eut disparu:

—Quel est cet officier? demanda Michel Strogoff en se retournant vers le moujik.

—C'est Ivan Ogareff, répondit le Sibérien.

—Lui? s'écria Michel Strogoff.

Il venait de reconnaître dans cet officier le voyageur qui l'avait frappé au relais d'Ichim!

Et, fut-ce une illumination de son esprit, ce voyageur lui rappela en même temps le vieux tsigane. Michel Strogoff ne se trompait pas. Ces deux hommes n'en faisaient qu'un.

Plus que jamais, Michel Strogoff devait fuir Ivan Ogareff et faire en sorte de ne point en être vu.

Le moujik et lui reprirent donc leur course à travers la ville, et ils arrivèrent à la maison de poste. Un cheval devait lui suffire, et, très heureusement, ce cheval, il put se le procurer. Quelques minutes plus tard, il était prêt à partir.

Il était alors quatre heures du soir.

Michel Strogoff, obligé d'attendre la nuit pour franchir l'enceinte, mais ne voulant pas se montrer, resta dans la maison de poste, et, là, il se fit servir quelque nourriture.

Tout à coup, un cri le fit tressaillir et ces deux mots furent pour ainsi dire jetés à son oreille:

—Mon fils!

Sa mère, la vieille Marfa, était devant lui! Elle lui tendait les bras!... Michel Strogoff se leva. Il allait s'élancer... mais, il ne bougea pas.

—Michel! s'écria sa mère.

—Qui êtes-vous, ma brave dame? demanda Michel Strogoff, balbutiant ces mots plutôt qu'il ne les prononça.

—Qui je suis? Tu le demandes! Mon enfant, est-ce que tu ne reconnais plus ta mère?

—Vous vous trompez!... répondit froidement Michel Strogoff. Une ressemblance vous abuse... Et, brusquement, il quitta la salle commune.

Michel Strogoff était parti. Il ne vit pas sa vieille mère, qui était retombée presque inanimée sur un banc. Mais, au moment où le maître de poste se précipitait pour la secourir, la vieille femme se releva. Une révélation subite s'était faite dans son esprit.

—Je suis folle! dit-elle à ceux qui l'interrogeaient. Mes yeux m'ont trompée! Ce jeune homme n'est pas mon enfant! Il n'avait pas sa voix! N'y pensons plus! Je finirais par le voir partout.

Moins de dix minutes après, un officier tartare se présentait à la maison de poste.

—Marfa Strogoff? demanda-t-il.

—C'est moi, répondit la vieille femme.

—Viens, dit l'officier.

Marfa Strogoff suivit l'officier tartare et quitta la maison de poste. Quelques instants après, Marfa Strogoff se trouvait en présence d'Ivan Ogareff, auquel tous les détails de cette scène avaient été rapportés immédiatement.

—Ton nom? demanda-t-il d'un ton rude.

—Marfa Strogoff.

—Tu as un fils?

—Oui.

—Où est-il?

—A Moscou.
—Tu es sans nouvelles de lui?
—Sans nouvelles.
—Depuis combien de temps?
—Depuis deux mois.
—Quel est donc ce jeune homme que tu appelais ton fils, il y a quelques instants, au relais de poste?
—Un jeune Sibérien que j'ai pris pour lui, répondit Marfa

Strogoff. C'est le dixième en qui je crois retrouver mon fils depuis que la ville est pleine d'étrangers! Je crois le voir partout!

—Ainsi ce jeune homme n'était pas Michel Strogoff!

—Ce n'était pas Michel Strogoff.

—Sais-tu, vieille femme, que je puis te faire torturer jusqu'à ce que tu avoues la vérité?

—J'ai dit la vérité, et la torture ne me fera rien changer à mes paroles.

—Ce Sibérien n'était pas Michel Strogoff? demanda une seconde fois Ivan Ogareff.

—Non! Ce n'était pas lui, répondit une seconde fois Marfa Strogoff. Croyez-vous que pour rien au monde je renierais un fils comme celui que Dieu m'a donné?

Ivan Ogareff regarda d'un œil méchant la vieille femme qui le bravait en face. Il ne doutait pas qu'elle n'eût reconnu son fils dans ce jeune Sibérien. Or, si ce fils avait d'abord renié sa mère, et si sa mère le reniait à son tour, ce ne pouvait être que par un motif des plus graves. Donc pour Ivan Ogareff, il n'était plus douteux que le prétendu Nicolas Korpanoff ne fût Michel Strogoff, courrier du czar, se cachant sous un faux nom, et chargé de quelque mission qu'il eût été capital pour lui de connaître. Aussi donna-t-il immédiatement ordre de se mettre à sa poursuite. Puis:

—Que cette femme soit dirigée sur Tomsk, dit-il en se retournant vers Marfa Strogoff.

Le 29 juillet, à huit heures du soir, Michel Strogoff avait quitté Omsk.

Le 30 juillet, il se jetait dans la contrée marécageuse de la Baraba.

Le 5 août, quinze cents verstes le séparaient encore d'Irkoutsk.

XV

UN DERNIER EFFORT

Michel Strogoff avait raison de redouter quelque mauvaise rencontre dans les plaines qui se prolongent au-delà de la Baraba. Les champs, foulés du pied des chevaux, montraient que les Tartares y avaient passé.

Michel Strogoff fit deux verstes sur la route absolument déserte. Il cherchait du regard quelque maison qui n'eût pas été délaissée.

Une hutte, cependant, qu'il aperçut entre les arbres, fumait encore. Lorsqu'il en approcha, il vit, à quelques pas des restes de sa maison, un vieillard, entouré d'enfants qui pleuraient. Une femme, sa fille sans doute, la mère de ces petits, agenouillée sur le sol, regardait d'un œil hagard cette scène de désolation.

Michel Strogoff alla au vieillard.

—Les Tartares ont passé par ici?

—Oui, puisque ma maison en est flammes!

—Etait-ce une armée ou un détachement?

—Une armée, puisque, si loin que ta vue s'étende, nos champs sont dévastés!

—Commandée par l'émir?
—Par l'émir, puisque les eaux de l'Obi sont devenues rouges!
—Et Féofar-Khan est entré à Tomks?
—A Tomsk.
—Sais-tu si les Tartares se sont emparés de Kolyvan?
—Non, puisque Kolyvan ne brûle pas encore!
—Merci, ami. Puis-je faire quelque chose pour toi et les tiens?
—Rien.
—Au revoir.
—Adieu.

Et Michel Strogoff, après avoir mis vingt-cinq roubles sur les genoux de la malheureuse femme, pressa son cheval et reprit sa marche.

Il savait maintenant une chose, c'est qu'à tout prix il devait éviter de passer à Tomsk.

La nuit était venue, après une assez chaude journée. Michel Strogoff, ayant mis pied à terre, cherchait à reconnaître exactement la direction de la route, lorsqu'il lui sembla entendre un murmure confus qui venait de l'ouest. C'était le bruit d'une chevauchée lointaine sur la terre sèche.

—Il y a là quelque taillis, se dit-il. Y chercher refuge, c'est m'exposer peut-être à être pris, si ces cavaliers le fouillent, mais je n'ai pas le choix! Les voilà!

Quelques instants après, Michel Strogoff arrivait à un petit bois de mélèzes. L'ombre était si épaisse que Michel Strogoff ne courait aucun risque d'être vu.

A peine avait-il pris place qu'une lueur assez confuse apparut.
—Des torches! se dit-il.

Et il recula vivement, en se glissant comme un sauvage dans la portion la plus épaisse du taillis.

Le détachement, arrivé à la hauteur du taillis, s'arrêta. Les cavaliers mirent pied à terre. Ils étaient cinquante environ.

A certains préparatifs, Michel Strogoff reconnut que le détachement songeait à bivouaquer en cet endroit.

Se glissant entre les hautes herbes, il chercha à voir, puis à entendre. C'était un détachement qui venait d'Omsk.

—Ce courrier ne saurait avoir une telle avance sur nous, dit le pendja-baschi, et, d'autre part, il est absolument impossible qu'il ait suivi d'autre route que celle de la Baraba.
— Qui sait s'il a quitté Omsk? répondit le deh-baschi. Peut-être est-il encore caché dans quelque maison de la ville?
— Ce serait à souhaiter, vraiment! Le colonel Ogareff n'aurait plus à craindre que les dépêches dont ce courrier est évidemment porteur n'arrivassent à destination!

—On dit que c'est un homme du pays, un Sibérien, reprit le deh-baschi. Comme tel, il doit connaître la contrée, et il est possible qu'il ait quitté la route d'Irkoutsk, quitte à la rejoindre plus tard!

—Mais alors nous serions en avance sur lui, répondit le pendja-baschi, car nous avons quitté Omsk moins d'une heure après son départ, et nous avons suivi le chemin le plus court de toute la vitesse de nos chevaux.

—Donc, ou il est resté à Omsk, ou nous arriverons avant lui à Tomsk, de manière à lui couper la retraite, et, dans les deux cas, il n'atteindra pas Irkoustsk.

—Une rude femme, cette vieille Sibérienne, qui est évidemment sa mère! dit le deh-baschi.

A cette phrase, le cœur de Michel Strogoff battit à se briser.

—Oui, répondit le pendja-baschi, elle a bien soutenu que ce prétendu marchand n'était pas son fils, mais il était trop tard. Le colonel Ogareff ne s'y est pas laissé prendre, et, comme il l'a dit, il saura bien faire parler la vieille sorcière, quand le moment sera venu.

Autant de mots, autant de coups de poignard pour Michel Strogoff!

Celui-ci, en rampant sous l'herbe, s'approcha de son cheval, qui était couché sur le sol. En ce moment, les torches, entièrement consumées, étaient éteintes, et l'obscurité restait encore assez profonde. Malheureusement, au moment où Michel Strogoff allait franchir la lisière du taillis, le cheval d'un Usbek, le flairant, hennit et s'élança sur la route.

Son maître courut à lui pour le ramener, mais, apercevant une silhouette qui se détachait confusément aux premières lueurs de l'aube:

—Alerte! cria-t-il.

A ce cri, tous les hommes du bivouac se relevèrent et se précipitèrent sur la route. Michel Strogoff n'avait plus qu'à enfourcher son cheval et à l'enlever au galop.

En ce moment, une détonation éclata, et il sentit une balle qui traversait sa pelisse. Sans tourner la tête, sans répondre, il piqua des deux, et, franchissant la lisière du taillis par un bond formidable, il s'élança bride abattue dans la direction de l'Obi. Les chevaux usbeks étaient déharnachés, il allait donc pourvoir prendre une certaine avance sur les cavaliers du détachement; et, moins de deux minutes après qu'il eût quitté le bois, il entendit le bruit de plusieurs chevaux qui, peu à peu, gagnaient sur lui.

Le jour commençait à se faire alors.

Michel Strogoff, tournant la tête, aperçut un cavalier qui l'approchait rapidement. Sans s'arrêter, Michel Strogoff tendit vers lui son revolver, et, d'une main qui ne tremblait pas, il le visa. L'officier usbek, atteint en pleine poitrine, roula sur le sol.

Mais les autres cavaliers le suivaient de près, et, sans s'attarder près du deh-baschi, s'exitant par leurs propres vociférations, enfonçant l'éperon dans le flanc de leurs chevaux, ils diminuèrent peu à peu la distance qui les séparait de Michel Strogoff.

Son cheval n'en pouvait plus, et, cependant, il parvint à l'enlever jusqu'à la berge du fleuve, et se précipita dans le fleuve, qui mesurait en cet endroit une demi-verste de largeur.

Le courant, très vif, était extrêmement difficile à remonter.

Les cavaliers s'étaient arrêtés sur la berge du fleuve, et ils hésitaient à s'y précipiter. Mais, à ce moment, le pendja-baschi, saisissant son fusil, visa avec soin le fugitif. Le coup partit, et le cheval de Michel Strogoff, frappé au flanc, s'engloutit sous son maître. Celui-ci se débarrassa vivement de ses étriers. Puis, plongeant à propos au milieu d'une grêle de balles, parvint à atteindre la rive droite du fleuve et disparut dans les roseaux.

XVI

VERSETS ET CHANSONS

Michel Strogoff était relativement en sûreté. Toutefois, sa situation restait encore terrible. Il était à pied, sans vivres.

A deux verstes en avant, en suivant le cours de l'Obi, une petite ville, pittoresquement étagée, s'élevait sur une légère intumescence du sol. C'était Kolyvan.

Le projet, simple et logique, que forma Michel Strogoff, ce fut de gagner Kolyvan avant que les cavaliers usbeks, qui remontaient la rive gauche de l'Obi, y fussent arrivés. Il se dirigeait donc d'un pas rapide vers Kolyvan, lorsque des détonations lointaines arrivèrent jusqu'à lui. Il s'arrêta:

"C'est le canon! c'est la fusillade! se dit-il. Le petit corps russe est-il donc aux prises avec l'armée tartare? Ah! fasse le Ciel que j'arrive avant eux à Kolyvan!"

Michel Strogoff ne se trompait pas. Sur la gauche de l'Obi, les cavaliers usbeks s'étaient arrêtés pour attendre le résultat de la bataille.

De ce côté, Michel Strogoff n'avait plus rien à craindre. Aussi hâta-t-il sa marche vers la ville.

Cependant, les détonations redoublaient et se rapprochaient sensiblement.

Il n'était plus qu'à une demi-verste de Kolyvan, lorsqu'un long jet de feu fusa entre les maisons de la ville.

Soudain, à l'angle d'un épais bouquet d'arbres, il vit une maison isolée, qu'il lui était possible d'atteindre avant d'avoir été aperçu. Il s'y précipita donc. En s'en approchant, il reconnut que cette maison était un poste télégraphique. Il s'élança aussitôt vers la porte et la repoussa violemment. Une seule personne se trouvait dans la salle où se faisaient les transmissions télégraphiques. C'était un employé, calme, flegmatique, indifférent à ce qui se passait au-dehors. Michel Strogoff courut à lui, et d'une voix brisée par la fatigue:

—Que savez-vous? lui demanda-t-il.

—Rien, répondit l'employé en souriant.

—Ce sont les Russes et les Tartares qui sont aux prises?

—On le dit.

—Mais quels sont les vainqueurs?

—Je l'ignore.

—Et le fil n'est pas coupé? demanda Michel Strogoff.

—Il est coupé entre Kolyvan et Krasnoiarsk, mais il fonctionne entre Kolyvan et la frontière russe.

—Pour le gouvernement?

—Pour le gouvernement, lorsqu'il le juge convenable. Pour le public, lorsqu'il paie. C'est dix kopecks par mot. Quand vous voudrez, monsieur!

Michel Strogoff allait répondre qu'il n'avait aucune dépêche à expédier lorsque la porte de la maison fut brusquement ouverte.

Michel Strogoff, croyant que le poste était envahi par les Tartares, s'apprêtait à sauter par la fenêtre, quand il reconnut que deux hommes seulement venaient d'entrer dans la salle. L'un d'eux tenait à la main une dépêche écrite au crayon, et, devançant l'autre, il se précipita au guichet de l'impassible employé.

Dans ces deux hommes, Michel Strogoff retrouva les correspondants Harry Blount et Alcide Jolivet, non plus compagnons de voyage, mais rivaux, maintenant qu'ils opéraient sur le champ de bataille.

Michel Strogoff s'était mis à l'écart, dans l'ombre, et, sans être vu, il pouvait tout voir et tout entendre. Harry Blount, plus pressé que son collègue, avait pris possession du guichet, et il tendait sa dépêche.

—C'est dix kopecks par mot, dit l'employé en prenant la dépêche.

Harry Blount déposa sur la tablette une pile de roubles, que son confrère regarda avec une certaine stupéfaction.

—Bien, dit l'employé.

Et, avec le plus grand sang-froid du monde, il commença à télégraphier la dépêche suivante:

Daily Telegraph, Londres
De Kolyvan, gouvernement d'Omsk, Sibérie, 6 août.
Engagement des troupes russes et tartares...

Cette lecture étant faite à haute voix, Michel Strogoff entendait tout ce que le correspondant anglais adressait à son journal.

Troupes russes repoussées avec grandes pertes. Tartares entrés dans Kolyvan ce jour même...

Ces mots terminaient la dépêche.
—A mon tour, maintenant, s'écria Alcide Jolivet.

Mais cela ne faisait pas l'affaire du correspondant anglais, qui ne comptait pas abandonner le guichet. Aussi ne fit-il point place à son confrère.

—Mais vous avez fini!... s'écria Alcide Jolivet.

—Je n'ai pas fini, répondit simplement Harry Blount.

Et il continua à écrire une suite de mots qu'il passa ensuite à l'employé, et que celui-ci lut de sa voix tranquille:

Au commencement, Dieu créa le ciel et la terre!...

C'étaient les versets de la Bible qu'Harry Blount télégraphiait, pour employer le temps et ne pas céder sa place à son rival. On conçoit la fureur d'Alcide Jolivet.

Cependant, Harry Blount était retourné près de la fenêtre, mais, cette fois, il prolongea un peu trop longtemps son observation. Aussi, Alcide Jolivet prit-il sa place au guichet et remit sa dépêche, que l'employé lut à haute voix:

Madeleine Jolivet,
10, Faubourg Montmartre (Paris).
De Kolyvan, gouvernement d'Omsk, Sibérie, 6 août.
Les fuyards s'échappent de la ville. Russes battus. Poursuite acharnée de la cavalerie tartare...

Cependant, la situation s'aggravait autour de Kolyvan. La bataille se rapprochait. En ce moment, une commotion ébranla le poste télégraphique. Un obus venait de trouer la muraille et un nuage de poussière emplissait la salle de transmissions.

Pour Michel Strogoff, il n'était pas douteux que les Russes ne fussent repoussés de Kolyvan. Sa dernière ressource était donc de se jeter à travers la steppe méridionale. Mais alors une fusillade terrible éclata près du poste télégraphique, et une grêle de balles fit sauter les vitres de la fenêtre.

Harry Blount, frappé à l'épaule, tomba à terre.

Alcide Jolivet allait, à ce moment même, transmettre ce supplément de dépêche, quand l'impassible employé lui dit avec son calme inaltérable:

—Monsieur, le fil est brisé.

Et, quittant son guichet, il prit tranquillement son chapeau, qu'il brossa du coude, et, toujours souriant, sortit par une petite porte que Michel Strogoff n'avait pas aperçue.

Le poste fut alors envahi par des soldats tartares, et ni Michel Strogoff, ni les journalistes ne purent opérer leur retraite.

DEUXIÈME PARTIE

I

UN CAMP TARTARE

A une journée de marche de Kolyvan, s'étend une vaste plaine que dominent quelques grands arbres.

Là, se dressaient les tentes tartares, là campait Féofar-Khan, le farouche émir de Boukhara, et c'est là que le lendemain, 7 août, furent amenés les prisonniers faits à Kolyvan.

L'émir, au moment où les prisonniers furent amenés au camp, était dans sa tente. Il ne se montra pas. Et ce fut heureux, sans doute. Un geste, un mot de lui n'auraient pu être que le signal de quelque sanglante exécution.

Quant aux prisonniers, ils allaient être parqués dans quelque enclos, où, maltraités, à peine nourris, exposés à toutes les intempéries du climat, ils attendraient le bon plaisir de Féofar.

De tous, le plus docile, sinon le plus patient, était certainement Michel Strogoff. Il se laissait conduire, car on le conduisait là où il voulait aller, et dans des conditions de sécurité que, libre, il n'eût pu trouver sur cette route de Kolyvan à Tomsk. S'échapper avant d'être arrivé dans cette ville, c'était s'exposer à retomber entre les mains des éclaireurs qui battaient la steppe.

Ce que Michel Strogoff, en effet, redoutait par-dessus tout, c'était et ce devait être la présence d'Ivan Ogareff au camp tartare.

A cette pensée se joignait le souvenir de sa mère et celui de Nadia. Il ne pouvait rien pour elles! Les reverrait-il jamais? A cette question qu'il n'osait résoudre, son cœur se serrait affreusement.

En même temps que Michel Strogoff et tant d'autres prisonniers, Harry Blount et Alcide Jolivet avaient été conduits au camp tartare.

Alcide Jolivet, depuis le moment où son confrère était tombé près de lui, ne lui avait pas ménagé ses soins.

L'intérêt d'Alcide Jolivet et d'Harry Blount était contraire à l'intérêt de Michel Strogoff. Celui-ci avait bien compris cette situation, et ce fut une nouvelle raison, ajoutée à plusieurs autres, qui le porta à éviter tout rappochement avec ses anciens compagnons de voyage. Il s'arrangea donc de manière à ne pas être aperçu d'eux.

Quatre jours se passèrent, pendant lesquels l'état de choses ne fut aucunement modifié.

Dans la matinée du 12 août, les trompettes sonnèrent, les tambours battirent, la mousquetade éclata. Un énorme nuage de poussière se déroulait au-dessus de la route de Kolyvan.

Ivan Ogareff, suivi de plusieurs milliers d'hommes, faisait son entrée au camp tartare.

II

UNE ATTITUDE D'ALCIDE JOLIVET

C'était tout un corps d'armée qu'Ivan Ogareff amenait à l'émir. Il avait laissé une garnison suffisante à Omsk. Puis, entraînant ses hordes, se renforçant en route des vainqueurs de Kolyvan, il venait faire sa jonction avec l'armée de Féofar.

En même temps que ses soldats, Ivan Ogareff amenait un convoi de prisonniers russes et sibériens, capturés soit à Omsk, soit à Kolyvan.

Ce corps d'armée n'était pas venu d'Omsk et de Kolyvan sans entraîner à sa suite la foule de mendiants, de maraudeurs, de marchands, de bohémiens qui forment habituellement l'arrière-garde d'une armée en marche.

Au nombre de ces bohémiens, accourus des provinces de l'ouest, figurait la troupe tsigane qui avait accompagné Michel Strogoff jusqu'à Perm. Sangarre était là. Cette sauvage espionne, âme damnée d'Ivan Ogareff, ne quittait pas son maître.

On comprendra facilement quelle aide cette femme apportait à Ivan Ogareff. Par ses bohémiennes, elle pénétrait en tout lieu, entendant et rapportant tout.

Sangarre, autrefois compromise dans une très grave affaire, avait été sauvée par l'officier russe. Elle n'avait point oublié ce qu'elle lui devait et s'était donnée à lui corps et âme.

Depuis son arrivée à Omsk, où elle l'avait rejoint avec ses tsiganes, Sangarre n'avait plus quitté Ivan Ogareff. La circonstance qui avait mis en présence Michel et Marfa Strogoff lui était connue. Les craintes d'Ivan Ogareff, relatives au passage d'un courrier du czar, elle les savait et les partageait. Marfa Strogoff prisonnière, elle eût été femme à la torturer afin de lui arracher son secret. Mais l'heure n'était pas venue, à laquelle Ivan voulait faire parler la vieille Sibérienne. Sangarre devait attendre, et elle attendait.

Ivan Ogareff pressa les flancs de son cheval, et, suivi de son état-major d'officiers tartares, il se dirigea vers la tente de l'émir.

Féofar-Khan attendait son lieutenant.

Ivan Ogareff descendit du cheval, entra, et se trouva devant l'émir. Celui-ci s'approcha d'Ivan Ogareff et lui donna un baiser.

—Je n'ai point à t'interroger, dit-il, parle, Ivan. Tu ne trouveras ici que des oreilles bien disposées à t'entendre.

—Takhsir[1], répondit Ivan Ogareff, voici ce que j'ai à te faire

---

1. C'est l'équivalent du nom de "Sire" qui est donné aux Sultans de Boukhara.

connaître. Le temps n'est pas aux inutiles paroles. Ce que j'ai fait, à la tête de tes troupes, tu le sais. Les lignes de l'Ichim et de l'Irtyche sont maintenant en notre pouvoir. Les hordes kirghises se sont soulevées à la voix de Féofar-Khan, et la principale route sibérienne t'appartient depuis Ichim jusqu'à Tomsk. Tu peux donc pousser tes colonnes aussi bien vers l'orient où le soleil se lève, que vers l'occident où il se couche.

—Et si je marche avec le soleil? demanda l'émir.

—Marcher avec le soleil, répondit Ivan Ogareff, c'est te jeter vers l'Europe, c'est conquérir rapidement les provinces sibériennes de Tobolsk jusqu'aux montagnes de l'Oural.

—Et si je vais au-devant de ce flambeau du ciel?

—C'est soumettre à la domination tartare, avec Irkoutsk, les plus riches contrées de l'Asie centrale.

—Mais les armées du sultan de Pétersbourg? dit Féofar-Khan, en désignant par ce titre bizarre l'empereur de Russie.

—Tu n'as rien à en craindre, ni au levant ni au couchant, répondit Ivan Ogareff. L'invasion a été soudaine et, avant que l'armée russe ait pu les secourir, Irkoutsk ou Tobolsk seront tombées en ton pouvoir. Les troupes du czar ont été écrasées à Kolyvan, comme elles le seront partout où les tiens lutteront contre ces soldats insensés de l'Occident.

—Et quel avis t'inspire ton dévouement à la cause tartare? demanda l'émir, après quelques instants de silence.

—Mon avis, répondit vivement Ivan Ogareff, c'est de marcher au-devant du soleil! C'est de prendre Irkoutsk, la capitale des provinces de l'est, et, avec elle, l'otage dont la possession vaut toute une contrée. Il faut que, à défaut du czar, le grand-duc son frère tombe entre tes mains.

C'était là le suprême résultat que poursuivait Ivan Ogareff.

—Il sera fait ainsi, Ivan, répondit Féofar.

—Quels sont tes ordres, Takhsir?

—Aujourd'hui même, notre quartier général sera transporté à Tomsk.

Ivan Ogareff s'inclina et il se retira pour faire exécuter les ordres de l'émir.

Au moment où il allait monter à cheval, afin de regagner les avant-postes, un certain tumulte se produisit à quelque distance, dans la partie du camp affectée aux prisonniers. Des cris se firent entendre, et deux ou trois coups de fusil éclatèrent.

Ivan Ogareff fit quelques pas en avant, et, presque aussitôt, deux hommes, que des soldats ne pouvaient retenir, parurent devant lui.

Le Russe avait reconnu que ces prisonniers étaient étrangers, et il donna ordre qu'on les lui amenât.

C'était Harry Blount et Alcide Jolivet.

—Qui êtes-vous, messieurs? demanda-t-il en russe d'un ton très froid.

—Deux correspondants de journaux anglais et français, répondit laconiquement Harry Blount.

—Vous avez sans doute des papiers qui vous permettent d'établir votre identité?

—Voici des lettres qui nous accréditent en Russie près des chancelleries anglaise et française.

Ivan Ogareff prit les lettres que lui tendait Harry Blount, et il les lut avec attention. Puis:

—Vous demandez, dit-il, l'autorisation de suivre nos opérations militaires en Sibérie?

—Nous demandons à être libres, voilà tout, répondit sèchement le correspondant anglais.

—Vous l'êtes, messieurs, répondit Ivan Ogareff, et je serai curieux de lire vos chroniques dans le *Daily Telegraph*.

—Monsieur, répliqua Harry Blount avec le flegme le plus imperturbable, c'est dix pence le numéro, les frais de poste en sus.

Et, là-dessus, Harry Blount se retourna vers son compagnon, qui parut approuver complètement sa réponse.

Ivan Ogareff ne sourcilla pas, et, enfourchant son cheval, il prit la tête de son escorte et disparut bientôt dans un nuage de poussière.

Ce fut à deux heures de l'après-midi, ce 12 août, par une température fort élevée et sous un ciel sans nuages, qu'on donna l'ordre de départ.

Alcide Jolivet et Harry Blount, ayant acheté des chevaux, avaient déjà pris la route de Tomks.

Au nombre des prisonniers amenés par Ivan Ogareff au camp tartare, était une vieille femme que sa taciturnité même semblait mettre à part. Pas une plainte ne sortait de ses lèvres. Cette femme était, sans qu'elle parût s'en douter ou s'en soucier, observée par la tsigane Sangarre. Malgré son âge, elle avait dû suivre à pied le convoi des prisonniers, sans qu'aucun adoucissement eût été apporté à ses misères.

Toutefois, quelque providentiel dessein avait placé à ses côtés un être courageux, charitable, fait pour la comprendre et l'assister. Parmi ses compagnes d'infortune, une jeune fille semblait s'être donné la tâche de veiller sur elle. Nadia, car c'était elle, avait pu ainsi, sans la connaître, rendre à la mère les soins qu'elle-même avait reçus de son fils.

Nadia, après avoir été enlevée par les éclaireurs tartares sur les barques de l'Irtyche, avait été conduite à Omsk. Retenue prisonnière dans la ville, elle partagea le sort de tous ceux que la colonne d'Ivan Ogareff avait capturés jusqu'alors, et, par conséquent, celui de Marfa Strogoff.

Nadia fut longtemps, sinon muette, du moins sobre de toute parole inutile. Cependant, un jour, sentant qu'elle avait devant elle une âme simple et haute, son cœur avait débordé, et elle avait raconté, sans en rien cacher, tous les événements qui s'étaient accomplis depuis son départ de Wladimir jusqu'à la mort de Nicolas Korpanoff. Ce qu'elle dit de son jeune compagnon intéressa vivement la vieille Sibérienne.

—Nicolas Korpanoff! dit-elle. Parle-moi encore de ce Nicolas! Je ne sais qu'un homme, un seul parmi la jeunesse de ce temps, dont une telle conduite ne m'eût pas étonnée! Nicolas Korpanoff, était-ce bien son nom? En es-tu sûre, ma fille?

—Pourquoi m'aurait-il trompée sur ce point, répondit Nadia, lui qui ne m'a trompée sur aucun autre?

Cependant, mue par une sorte de pressentiment, Marfa Strogoff faisait à Nadia questions sur questions.

—Tu m'as dit qu'il était intrépide, ma fille! Tu m'as prouvé qu'il l'avait été! dit-elle.

—Oui, intrépide! répondit Nadia.

"C'est bien ainsi qu'eût été mon fils", se répétait Marfa Strogoff à part elle. Puis elle reprenait:

—Tu m'as dit encore que rien ne l'arrêtait, que rien ne l'étonnait, qu'il était si doux dans sa force même, que tu avais une sœur aussi bien qu'un frère en lui, et qu'il a veillé sur toi comme une mère?

—Oui, oui! dit Nadia. Frère, sœur, mère, il a été tout pour moi!

—Et aussi un lion pour te défendre?

—Un lion, en vérité! répondit Nadia. Oui, un lion, un héros!

"Mon fils, mon fils!", pensait la vieille Sibérienne.

—Mais tu dis, cependant, qu'il a supporté un terrible affront dans cette maison de poste d'Ichim?

—Il l'a supporté! répondit Nadia en baissant la tête.

—Il l'a supporté? murmura Marfa Strogoff, frémissante.

—Mère! Mère! s'écria Nadia, ne le condamnez pas. Il y avait là un secret, un secret dont Dieu seul, à l'heure qu'il est, est le juge!

—Est-ce que tu l'as méprisé?

—Je l'ai admiré sans le comprendre, répondit la jeune fille. Je ne l'ai jamais senti plus digne de respect!

La vieille femme se tut un instant.

—Il était grand? demanda-t-elle.

—Très grand.

—Et très beau, n'est-ce pas? Allons, parle, ma fille.

—Il était très beau, répondit Nadia, toute rougissante.

—C'était mon fils! Je te dis que c'était mon fils! s'écria la vieille femme en embrassant Nadia.

—Ton fils! répondit Nadia, tout interdite, ton fils!

—Allons! dit Marfa, va jusqu'au bout mon enfant! Ton compagnon, ton ami, ton protecteur, il avait une mère! Est-ce qu'il ne t'aurait jamais parlé de sa mère?

—De sa mère? dit Nadia. Il m'a parlé de sa mère comme je lui ai parlé de mon père, souvent, toujours! Cette mère, il l'adorait!

—Nadia, Nadia! Tu viens de me raconter l'histoire même de mon fils, dit la vieille femme.

Et elle ajouta impétueusement:

—Ne devait-il pas la voir en passant à Omsk, cette mère que tu dis qu'il aimait?

—Non, répondit Nadia, non, il ne le devait pas.

—Non? s'écria Marfa. Tu as osé me dire non?

—Je te l'ai dit, mais il me reste à t'apprendre que, pour des motifs qui devaient l'emporter sur tout, des motifs que je ne connais pas, j'ai cru comprendre que Nicolas Korpanoff devait traverser le pays dans le plus absolu secret. C'était pour lui une question de devoir et d'honneur.

—De devoir, en effet, de devoir impérieux, dit la vieille Sibérienne, de ceux auxquels on sacrifie tout, pour l'accomplissement desquels on refuse tout, même la joie de venir donner un baiser, le dernier peut-être, à sa vieille mère. Tout ce que tu ne sais pas, Nadia, tout ce que je ne savais pas moi-même, je le sais à l'heure qu'il est! Tu m'as tout fait comprendre! Le secret de mon fils, Nadia, puisqu'il ne te l'a pas dit, il faut que je le lui garde! Pardonne-moi, Nadia! Le bien que tu m'as fait, je ne puis te le rendre!

—Mère, je ne vous demande rien, répondit Nadia.

Tout s'était ainsi expliqué pour la vieille Sibérienne, tout, jusqu'à l'inexplicable conduite de son fils à son égard, dans l'auberge d'Omsk, en présence des témoins de leur rencontre. Mais elle se contint, et se borna à dire:

—Espère, mon enfant! Le malheur ne s'acharnera pas toujours sur toi! Tu reverras ton père, j'en ai le pressentiment, et, peut-être, celui qui te donnait le nom de sœur n'est-il pas mort! Espère, ma fille! Fais comme moi! Le deuil que je porte n'est pas encore celui de mon fils!

III

COUP POUR COUP

Ce que ni l'une ni l'autre ne pouvaient savoir, c'est que Michel Strogoff faisait partie du même convoi et qu'il était dirigé sur Tomsk avec elles.

Les prisonniers amenés par Ivan Ogareff avaient été réunis à ceux que l'émir gardait déjà au camp tartare. Parmi eux, il en était qui, considérés comme plus dangereux, avaient été attachés par des menottes à une longue chaîne. Il y avait aussi des femmes, des enfants, liés ou suspendus aux pommeaux des selles, et impitoyablement traînés sur les routes! On les poussait tous comme un bétail humain.

Ce voyage, fait dans ces conditions, sous le fouet des soldats, fut mortel pour un grand nombre, terrible pour tous. On allait à travers la steppe, sur une route rendue plus poussiéreuse encore par le passage de l'émir et de son avant-garde.

De même que Nadia était toujours là, prête à secourir la vieille Sibérienne, de même Michel Strogoff, libre de ses mouvements, rendait à des compagnons d'infortune plus faibles que lui tous les services que sa situation lui permettait.

Enfin, le 15 août, à la tombée du jour, le convoi atteignit la petite bourgade de Zabédiero, à une trentaine de verstes de Tomsk. En cet endroit, la route rejoignait le cours du Tom.

Des barques furent embossées sur le Tom et formèrent un chapelet d'obstacles impossible à franchir. Quant à la ligne du campement, appuyée aux premières maisons de la bourgade, elle fut gardée par un cordon de sentinelles impossible à briser.

Cette nuit-là tout entière, les prisonniers devaient camper sur les bords du Tom. Dès que la halte eut été organisée, les prisonniers, brisés par ces trois jours de voyage, en proie à une soif ardente, purent se désaltérer enfin et prendre un peu de repos.

Soudain, Nadia, au moment de quitter la rive, se redressa. Michel Strogoff était là, à quelques pas d'elle!... C'était lui!...

Au cri de Nadia, Michel Strogoff avait tressailli... Mais il eut assez d'empire sur lui-même pour ne pas prononcer un mot qui pût le compromettre.

Et cependant, en même temps que Nadia, il avait reconnu sa mère!...

Michel Strogoff s'éloigna aussitôt.

La vieille Sibérienne murmura ces mots:

—Reste, ma fille!

—C'est lui! répondit Nadia d'une voix coupée par l'émotion. Il vit, mère! C'est lui!

—C'est mon fils, répondit Marfa Strogoff, c'est Michel Strogoff, et tu vois que je ne fais pas un pas vers lui! Imite-moi, ma fille!

Pendant cette nuit, Michel Strogoff fut vingt fois sur le point de chercher à rejoindre sa mère, mais il comprit qu'il devait résister à cet immense désir de la serrer dans ses bras, de presser encore une fois la main de sa jeune compagne! La moindre imprudence pouvait le perdre.

Michel Strogoff ne savait pas que certains détails de cette scène venaient d'être surpris par Sangarre, l'espionne d'Ivan Ogareff.

La tsigane était là, à quelques pas, sur la berge, épiant comme toujours la vieille Sibérienne, et sans que celle-ci s'en doutât.

La tsigane n'eut plus qu'une pensée: prévenir Ivan Ogareff. Elle quitta donc aussitôt le campement.

Le lendemain 16 août, vers dix heures du matin, d'éclatantes fanfares retentirent à la lisière du campement.

Ivan Ogareff, après avoir quitté Zabédiero, arrivait, au milieu d'un nombreux état-major d'officiers tartares.

Michel Strogoff, perdu dans un groupe de prisonniers, vit passer cet homme.

Le silence se fit aussitôt, et, sur un signe d'Ivan Ogareff, Sangarre se dirigea vers le groupe au milieu duquel se trouvait Marfa Strogoff.

La vieille Sibérienne la vit venir. Elle comprit ce qui allait se passer. Un sourire dédaigneux apparut sur ses lèvres. Puis, se penchant vers Nadia, elle lui dit à voix basse:

—Tu ne me connais plus, ma fille! Quoi qu'il arrive, et si dure que puisse être cette épreuve, pas un mot, pas un geste! C'est de lui et non de moi qu'il s'agit!

A ce moment, Sangarre, après l'avoir regardée un instant, mit sa main sur l'épaule de la vieille Sibérienne.

—Que me veux-tu? dit Marfa Strogoff.

—Viens! répondit Sangarre.

Marfa Strogoff arriva en face d'Ivan Ogareff:

—Tu es bien Marfa Strogoff? lui demanda Ivan Ogareff.

—Oui, répondit la vieille Sibérienne.

—Reviens-tu sur ce que tu m'as répondu lorsque, il y a trois jours, je t'ai interrogée à Omsk.

—Non.

—Ainsi, tu ignores que ton fils, Michel Strogoff, courrier du czar a passé à Omsk?

—Je l'ignore.

—Et l'homme que tu avais cru reconnaître pour ton fils au relais de poste, ce n'était pas lui, ce n'était pas ton fils?

—Ce n'était pas mon fils.

—Et, depuis, tu ne l'as pas vu au milieu de ces prisonniers?

—Non.

—Et si l'on te le montrait, le reconnaîtrais-tu?

—Non.

Cete réponse dénotait une inébranlable résolution de ne rien avouer.

Ivan Ogareff ne put retenir un geste menaçant.

—Ecoute, dit-il à Marfa Strogoff, ton fils est ici, et tu vas immédiatement le désigner.

—Non.

—Tous ces hommes, pris à Omsk et à Kolyvan, vont défiler sous tes yeux, et si tu ne désignes pas Michel Strogoff, tu recevras autant de coups de knout qu'il sera passé d'hommes devant toi!

Sur l'ordre d'Ivan Ogareff, les prisonniers défilèrent un à un devant Marfa Strogoff. Son fils se trouvait dans les derniers rangs. Quand à son tour, il passa devant sa mère, il demeura impassible.

Ivan Ogareff était vaincu par le fils et la mère!

Sangarre, placée près de lui, ne dit qu'un mot:

—Le knout!

—Oui! s'écria Ogareff, le knout à cette vieille coquine, et jusqu'à ce qu'elle meure!

Un soldat tartare, portant ce terrible instrument de supplice, s'approcha de Marfa Strogoff.

Le knout se compose d'un certain nombre de lanières de cuir,

à l'extrémité desquelles sont attachés des fils de fer tordus. On estime qu'une condamnation à cent vingt coups de ce fouet équivaut à une condamnation à mort.

Marfa Strogoff, saisie par deux soldats, fut jetée à genoux sur le sol. Sa robe, déchirée, montra son dos à nu. Un sabre fut posé devant sa poitrine, à quelques pouces seulement. Au cas où elle eût fléchi sous la douleur, sa poitrine était percée de cette pointe aiguë.

Le Tartare se tint debout. Il attendait.

—Va! dit Ivan Ogareff.

Le fouet siffla dans l'air...

Mais, avant qu'il eût frappé, une main puissante l'avait arraché à la main du Tartare.

Michel Strogoff était là! Il avait bondi devant cette horrible scène!

Ivan Ogareff avait réussi.

—Michel Strogoff! s'écria-t-il.

Puis, s'avançant:

—Ah! fit-il, l'homme d'Ichim?

—Lui-même! dit Michel Strogoff.

Et, levant le knout, il en déchira la figure d'Ivan Ogareff.

—Coup pour coup! dit-il.

—Bien rendu! s'écria la voix d'un spectateur, qui se perdit heureusement dans le tumulte.

Vingt soldats se jetèrent sur Michel Strogoff, et ils allaient le tuer...

Mais Ivan Ogareff, auquel un cri de rage et de douleur avait échappé, les arrêta d'un geste.

—Cet homme est réservé à la justice de l'émir! dit-il. Qu'on le fouille!

La lettre aux armes impériales fut trouvée sur le poitrine de Michel Strogoff.

Le spectateur qui avait prononcé ces mots: ''Bien rendu!'', n'était autre qu'Alcide Jolivet. Son confrère et lui, s'étant arrêtés au camp de Zabédiero, assistaient à cette scène.

La lettre, Ivan Ogareff, après avoir étanché le sang qui lui couvrait le visage, en avait brisé le cachet. Il la lut et la relut longuement.

Puis, après avoir donné ses ordres pour que Michel Strogoff, étroitement garrotté, fût dirigé sur Tomks avec les autres prisonniers, il prit le commandement des troupes campées à Zabédiero, et, au bruit assourdissant des tambours et des trompettes, il se dirigea vers la ville où l'attendait l'émir.

IV

L'ENTRÉE TRIOMPHALE

Tomsk, fondée en 1604, presque au cœur des provinces sibériennes, est l'une des plus importantes villes de la Russie asiatique. Et c'était à Tomsk que l'émir allait recevoir ses troupes victorieuses. Une fête avec chants, danses et fantasias, et suivie de quelque bruyante orgie, devait être donnée en leur honneur.

Ce fut à quatre heures seulement que l'émir fit son entrée sur la place, au bruit des fanfares, des coups de tam-tam, des décharges d'artillerie et de mousqueterie.

Féofar montait son cheval favori. A ses côtés marchaient les khans de Khokhand et de Koundouze.

A ce moment apparut sur la terrasse la première des femmes de Féofar. Cette femme d'origine persane était admirablement belle. Contrairement à la coutume mahométane, elle avait le visage découvert. Depuis sa tête jusqu'à ses pieds, telle était la profusion des bijoux, que son corsage et sa jupe semblaient être tissés de pierres précieuses.

L'émir et les khans mirent pied à terre, ainsi que les dignitaires qui leur faisaient cortège. Tous prirent place sous une tente magnifique.

Le lieutenant de Féofar ne se fit pas attendre, et, avant cinq heures, d'éclatantes fanfares annoncèrent son arrivée.

Ivan Ogareff présenta à l'émir ses principaux officiers.

Alcide Jolivet et Harry Blount s'étaient mêlés à la foule. Une pénible cérémonie allait précéder les divertissements. Plusieurs centaines de prisonniers furent amenés sous le fouet des soldats. Ils étaient destinés à défiler devant Féofar-Khan et ses alliés avant d'être entassés dans les prisons de la ville.

Parmi ces prisonniers figurait au premier rang Michel Strogoff.

Nadia, étant à demi voilée par ses cheveux, passa à son tour devant l'émir sans attirer son attention.

Cependant, après Nadia, Marfa Strogoff était arrivée, et, comme elle ne se jeta pas assez promptement dans la poussière, les gardes la poussèrent brutalement.

Marfa Strogoff tomba.

Son fils eut un mouvement terrible que les soldats qui le gardaient purent à peine maîtriser.

Mais la vieille Marfa se releva, et on allait l'entraîner, lorsque Ivan Ogareff intervint, disant:

—Que cette femme reste!

Quant à Nadia, elle fut rejetée dans la foule des prisonniers. Michel Strogoff fut alors amené devant l'émir, et là, il resta debout, sans baisser les yeux.

—Le front à terre! lui cria Ivan Ogareff.

—Non! répondit Michel Strogoff.

Deux gardes voulurent le contraindre à se courber, mais ce furent eux qui furent couchés sur le sol par la main du robuste jeune homme.

Ivan Ogareff s'avança vers Michel Strogoff.

—Tu vas mourir! dit-il.

—Je mourrai, répondit fièrement Michel Strogoff, mais ta face de traître, Ivan, n'en portera pas moins et à jamais la marque infamante du knout!

Ivan Ogareff, à cette réponse, pâlit affreusement.

—Quel est ce prisonnier? demanda l'émir de cette voix qui était d'autant plus menaçante qu'elle était calme.

—Un espion russe, répondit Ivan Ogareff.

En faisant de Michel Strogoff un espion, il savait que la sentence prononcée contre lui serait terrible.

Les soldats l'arrêtèrent.

L'émir fit un geste devant lequel se courba toute la foule. Puis il désigna de la main le Koran, qui lui fut apporté. Il ouvrit le livre sacré et posa son doigt sur une des pages.

Le chef des ulémas, s'approchant alors, lut à haute voix un verset qui se terminait par ces mots:

‘‘Et il ne verra plus les choses de la terre''.

—Espion russe, dit Féofar-Khan, tu es venu pour voir ce qui se passe au camp tartare! Regarde donc de tous tes yeux, regarde!

V

"REGARDE DE TOUS TES YEUX, REGARDE!"

Michel Strogoff, les mains liées, fut maintenu en face du trône de l'émir, au pied de la terrasse.

—Regarde de tous tes yeux, regarde! avait dit Féofar-Khan en tendant sa main menaçante vers Michel Strogoff.

Sans doute, Ivan Ogareff, au courant des mœurs tartares, avait compris la portée de cette parole, car ses lèvres s'étaient un instant desserrées dans un cruel sourire. Puis il avait été se placer auprès de Féofar-Khan.

Un appel de trompettes se fit aussitôt entendre. C'était le signal des divertissements.

Michel Strogoff avait ordre de regarder. Il regarda. Une nuée de danseuses fit alors irruption sur la place. Aussitôt les danses commencèrent.

Lorsque ce premier divertissement fut achevé, une voix grave se fit entendre qui disait:

—Regarde de tous tes yeux, regarde!

Cependant, aux Persanes avait immédiatement succédé un groupe de ballerines, de race très différente, que Michel Strogoff reconnut aussitôt.

Et il faut croire que les deux journalistes les reconnurent aussi, car Harry Blount dit à son confrère:

—Ce sont les tsiganes de Nijni-Novgorod!

Cependant, le soleil s'abaissait déjà au-dessous de l'horizon.

Mais, en cet instant, plusieurs centaines d'esclaves, portant des torches enflammées, envahirent la place. Entraînées par Sangarre, tsiganes et Persanes réapparurent et firent valoir, par le contraste, leurs danses de genres si divers.

Puis, soudain, comme à un signal, tous les feux de la fantasia s'éteignirent, les danses cessèrent, les ballerines disparurent. La cérémonie était terminée, et les torches seulement éclairèrent ce plateau.

Sur un signe de l'émir, Michel Strogoff fut amené au milieu de la place.

Peu désireux d'assister au supplice réservé à cet infortuné, les deux journalistes rentrèrent donc dans la ville.

Cependant Michel Strogoff était debout, ayant le regard hautain pour l'émir, méprisant pour Ivan Ogareff. Il s'attendait à mourir, et, cependant, on eût vainement cherché en lui un symptôme de faiblesse.

L'émir fit un geste. Michel Strogoff, poussé par les gardes, s'approcha de la terrasse, et alors, dans cette langue tartare qu'il comprenait, Féofar lui dit:

—Tu es venu pour voir, espion des Russes. Tu as vu pour la dernière fois. Dans un instant, tes yeux seront à jamais fermés à la lumière!

Ce n'était pas de mort, mais de cécité, qu'allait être frappé Michel Strogoff.

Cependant, en entendant la peine prononcée par l'émir, Michel Strogoff ne faiblit pas. Il demeura impassible, les yeux grands ouverts, comme s'il eût voulu concentrer toute sa vie dans un dernier regard. Toute sa pensée se condensa sur sa mission irrévocablement manquée, sur sa mère, sur Nadia, qu'il ne reverrait plus! Mais il ne laissa rien paraître de l'émotion qu'il ressentait.

Puis, le sentiment d'une vengeance à accomplir quand même envahit tout son être. Il se retourna vers Ivan Ogareff.

—Ivan, dit-il d'une voix menaçante, Ivan le traître, la dernière menace de mes yeux sera pour toi!

Ivan Ogareff haussa les épaules.

Mais Michel Strogoff se trompait. Ce n'était pas en regardant Ivan Ogareff que ses yeux allaient pour jamais s'éteindre.

Marfa Strogoff venait de se dresser devant lui.

—Ma mère! s'écria-t-il. Oui! oui! à toi mon suprême regard. Reste là, devant moi! Que mes yeux se ferment en te regardant!...

La vieille Sibérienne, sans prononcer une parole, s'avançait...
—Chassez cette femme! dit Ivan Ogareff.

Deux soldats repoussèrent Marfa Strogoff. Elle recula, mais resta debout, à quelques pas de son fils.

L'exécuteur parut. Cette fois, il tenait son sabre nu à la main, et ce sabre était chauffé à blanc.

Michel Strogoff allait être aveuglé, suivant la coutume tartare, avec une lame ardente passée devant ses yeux! Il ne chercha pas à résister.

Marfa Strogoff, l'œil démesurément ouvert, les bras tendus vers lui, le regardait!...

La lame incandescente passa devant les yeux de Michel Strogoff.

Un cri de désespoir retentit. La vieille Marfa tomba inanimée sur le sol!

Michel Strogoff était aveugle.

Les ordres exécutés, l'émir se retira avec toute sa maison.

Ivan Ogareff s'approcha lentement de Michel Strogoff, qui le sentit venir et se redressa.

Ivan Ogareff tira de sa poche la lettre impériale, il l'ouvrit, et, par une suprême ironie, il la plaça devant les yeux éteints du courrier du czar, disant:

—Lis, maintenant, Michel Strogoff, lis, et va redire à Irkoutsk ce que tu auras lu! Le vrai courrier du czar, c'est Ivan Ogareff!

Cela dit, le traître serra la lettre sur sa poitrine. Puis, sans se retourner, il quitta la place.

Michel Strogoff resta seul, à quelques pas de sa mère, inanimée, peut-être morte.

Michel Strogoff prêta l'oreille. La place était silencieuse et déserte.

Il se traîna, en tâtonnant, vers l'endroit où sa mère était tombée. Il la trouva de la main, il se courba sur elle, il approcha sa figure de la sienne, il écouta les battements de son cœur. Puis on eût dit qu'il lui parlait tout bas.

La vieille Marfa vivait-elle encore et entendit-elle ce que lui dit son fils?

En tout cas elle ne fit pas un mouvement.

Michel Strogoff baisa son front et ses cheveux blancs.

Puis il se releva, et, tâtant du pied, cherchant à tendre ses mains pour se guider, il marcha peu à peu vers l'extrémité de la place.

Soudain, Nadia parut.

Elle alla droit à son compagnon. Un poignard qu'elle tenait servit à couper les cordes qui attachaient les bras de Michel Strogoff.

Celui-ci, aveugle, ne savait qui le déliait, car Nadia n'avait pas prononcé une parole.

Mais, cela fait:

—Frère, dit-elle.

—Nadia! murmura Michel Strogoff, Nadia!

—Viens! frère, répondit Nadia. Mes yeux seront tes yeux désormais, et c'est moi qui te conduirai à Irkoutsk!

VI

UN AMI DE GRANDE ROUTE

Une demi-heure après, Michel Strogoff et Nadia avaient quitté Tomks.

Un certain nombre de prisonniers, cette nuit-là, purent aussi échapper aux Tartares, car officiers ou soldats s'étaient inconsciemment relâchés de la surveillance sévère qu'ils avaient maintenue jusqu'alors. Nadia, après avoir été emmenée tout d'abord avec les autres prisonniers, avait donc pu fuir et revenir au plateau au moment où Michel Strogoff était conduit devant l'émir.

Là, mêlée à la foule, elle avait tout vu. Pas un cri ne lui échappa lorsque la lame passa devant les yeux de son compagnon. Elle eut la force de rester immobile et muette. Une providentielle inspiration lui dit de se réserver pour guider le fils de Marfa au but qu'il avait juré d'atteindre.

La route d'Irkoutsk était la seule qui s'enfonçât dans l'est. Il n'y avait pas à se tromper. Nadia entraîna rapidement Michel Strogoff.

Michel Strogoff n'avait pas prononcé une seule parole. Ce n'était pas Nadia qui tenait sa main, ce fut lui qui tint celle de sa compagne pendant toute cette nuit; mais, grâce à cette main, il avait marché avec son allure ordinaire.

Sémilowskoë était presque entièrement abandonnée.

Cependant, Nadia était dans la nécessité de faire là une halte de quelques heures. Il leur fallait à tous deux nourriture et repos.

La jeune fille conduisit donc son compagnon à l'extrémité de la bourgade. Une maison vide, la porte ouverte, était là. Ils y entrèrent. Un mauvais banc de bois se trouvait au milieu de la chambre.

En ce moment, Michel Strogoff étendit les mains.

—Tu es là, Nadia? demanda-t-il.

—Oui, répondit la jeune fille, je suis près de toi, et je ne te quitte plus, Michel.

A son nom, prononcé par Nadia pour la première fois, Michel Strogoff tressaillit. Il comprit que sa compagne savait tout, ce qu'il était, quels liens l'unissaient à la vieille Marfa.

—Nadia, reprit-il, il va falloir nous séparer!

—Nous séparer? Pourquoi cela, Michel?

—Je ne veux pas être un obstacle à ton voyage! Ton père t'attend à Irkoutsk! Il faut que tu rejoignes ton père!

—Mon père me maudirait, Michel, si je t'abandonnais, après ce que tu as fait pour moi!

—Nadia! Nadia! répondit Michel Strogoff en pressant la main que la jeune fille avait posée sur la sienne, tu ne dois penser qu'à ton père!

—Michel, reprit Nadia, tu as plus besoin de moi que mon père! Dois-tu renoncer à aller à Irkoutsk?

—Jamais! s'écria Michel Strogoff d'un ton qui montrait qu'il n'avait rien perdu de son énergie.

—Cependant, tu n'as plus cette lettre!...

—Cette lettre, qu'Ivan Ogareff m'a volée!... Eh bien, je saurai m'en passer, Nadia! Ils m'ont traité comme un espion! J'agirai comme un espion! J'irai dire à Irkoutsk tout ce que j'ai vu, tout ce que j'ai entendu, et, j'en jure par le Dieu vivant! le traître me retrouvera un jour face à face! Mais il faut que j'arrive avant lui à Irkoutsk.

—Et tu parles de nous séparer, Michel?

—Nadia, les misérables m'ont tout pris!

—Il me reste quelques roubles, et mes yeux! Je puis y voir pour toi, Michel, et te conduire là où tu ne peux plus aller seul!
—Et comment irons-nous?
—A pied.
—Et comment vivrons-nous?
—En mendiant.
—Partons, Nadia.
—Viens, Michel.

Tous deux quittèrent la maison, après avoir pris une heure de repos. Nadia, courant les rues de la bourgade, s'était procuré quelques morceaux de pain. Cela ne lui avait rien coûté, car elle avait commencé son métier de mendiante.

—Manges-tu, Nadia? lui demanda-t-il à plusieurs reprises.
—Oui, Michel, répondit toujours la jeune fille, qui se contentait des restes de son compagnon.

Michel et Nadia quittèrent Sémilowskoë et reprirent cette pénible route d'Irkoutsk.

Ils avaient quitté Sémilowskoë depuis deux heures environ, lorsque Michel Strogoff s'arrêta.

—La route est déserte? demanda-t-il.
—Absolument déserte, répondit Nadia.
—Est-ce que tu n'entends pas quelque bruit en arrière?
—En effet.
—Si ce sont les Tartares, il faut nous cacher. Regarde bien.
—Attends, Michel! répondit Nadia en remontant le chemin qui se coudait à quelques pas sur la droite.

Michel Strogoff resta un instant seul, tendant l'oreille.
Nadia revint presque aussitôt et dit:
—C'est une charrette. Un jeune homme la conduit.
—Il est seul?
—Seul.

Michel Strogoff hésita un instant. Il attendit.
La charrette arriva bientôt au tournant de la route. Un jeune homme la conduisait. Nadia reconnut que ce jeune homme était russe.

Nadia, tenant Michel Strogoff par la main, s'était rangée de côté.

La kibitka s'arrêta et le conducteur regarda la jeune fille en souriant.

—Et où allez-vous donc comme cela? lui demanda-t-il.

Au son de cette voix, Michel Strogoff se dit qu'il l'avait entendue quelque part.

—Eh bien, où donc allez-vous? répéta le jeune homme en s'adressant plus directement à Michel Strogoff.

—Nous allons à Irkoutsk, répondit celui-ci.

—Oh! petit père, tu ne sais donc pas qu'il y a encore bien des verstes et des verstes jusqu'à Irkoutsk?

—Je le sais.

—Et tu vas à pied?

—A pied.

—Toi, bien! mais la demoiselle?...

—C'est ma sœur, dit Michel Strogoff, qui jugea prudent de redonner ce nom à Nadia.

—Oui, ta sœur, petit père! Mais, crois-moi, elle ne pourra jamais atteindre Irkoutsk!

—Ami, répondit Michel Strogoff en s'approchant, les Tartares nous ont dépouillés et je n'ai pas un kopeck à t'offrir; mais, si tu veux prendre ma sœur près de toi, je suivrai ta voiture à pied, je courrai s'il le faut, je ne te retarderai pas d'une heure...

—Frère, s'écria Nadia..., je ne veux pas..., je ne veux pas! Monsieur, mon frère est aveugle!

—Aveugle! répondit le jeune homme d'une voix émue.

—Les Tartares lui ont brûlé les yeux! répondit Nadia.

—Brûlé les yeux? Oh! pauvre petit père! Moi, je vais à Krasnoiarsk. Eh bien, pourquoi ne monterais-tu pas avec ta sœur dans la kibitka? En nous serrant un peu, nous y tiendrons tous les trois.

—Ami, comment te nommes-tu? demanda Michel Strogoff.

—Je me nomme Nicolas Pigassof.

—C'est un nom que je n'oublierai plus, répondit Michel Strogoff.

—Eh bien, monte, petit père aveugle. Ta sœur sera près de toi, au fond de la charrette, moi devant pour conduire.

La kibitka se remit en marche. Le cheval, que Nicolas ne frappait jamais, allait l'amble.

—Elle est gentille, dit Nicolas.

—Oui, répondit Michel Strogoff.

—Ça veut être fort, petit père, c'est courageux, mais au fond, c'est faible, ces mignonnes-là! Est-ce que vous venez de loin?

—De très loin.

—Pauvres jeunes gens!

—Dis-moi, ami, demanda Michel Strogoff, est-ce que tu ne m'as pas vu quelque part?

—Toi, petit père? Non, jamais.

—C'est que le son de ta voix ne m'est pas inconnu.

—Peut-être me demandes-tu cela pour savoir d'où je viens. Oh! je vais te le dire. Je viens de Kolyvan.

—De Kolyvan? dit Michel Strogoff. Mais alors c'est là que je t'ai rencontré. Tu étais au poste télégraphique?

—Cela se peut, répondit Nicolas. J'y demeurais. J'étais employé des transmissions.

—Et tu es resté à ton poste jusqu'au dernier moment?

—Eh! c'est surtout à ce moment-là qu'il faut y être!

—C'était le jour où un Anglais et un Français se disputaient la place à ton guichet.

—Ça, petit père, c'est possible, mais je ne me le rappelle pas!

—Comment! Tu ne te le rappelles pas!

—Je ne lis jamais les dépêches que je transmets. Mon devoir étant de les oublier, le plus court est de les ignorer.

Cependant, la kibitka allait son petit train. Le cheval marchait pendant trois heures et se reposait une, cela jour et nuit. Durant les haltes, le cheval paissait, les voyageurs de la kibitka mangeaient.

Le 22 août, la kibitka atteignit le bourg d'Atachinsk, à trois cent quatre-vingts verstes de Tomsk. Aucun incident n'avait marqué ce voyage.

Un jour, Michel Strogoff lui demanda quel temps il faisait.

—Assez beau, petit père, répondit-il, mais ce sont les derniers jours de l'été. Peut-être les Tartares songeront-ils à se cantonner pendant la mauvaise saison?

Michel Strogoff secoua la tête d'un air de doute.

—Tu ne le crois pas, petit père, répondit Nicolas. Tu penses qu'ils se porteront sur Irkoutsk?

—Je le crains, répondit Michel Strogoff.

—Oui..., tu as raison. Ils ont avec eux un mauvais homme qui ne les laissera pas refroidir en route. Tu as entendu parler d'Ivan Ogareff?

—Oui.

—Petit père, reprit Nicolas, je trouve que tu ne t'indignes pas assez lorsqu'on parle devant toi d'Ivan Ogareff!

—Crois-moi, ami, je le hais plus que tu ne pourras jamais le haïr, dit Michel Strogoff.

—Ce n'est pas possible, répondit Nicolas. Quand je songe à Ivan Ogareff, au mal qu'il a fait à notre sainte Russie, la colère me prend, et si je le tenais...

—Si tu le tenais, ami?...

—Je crois que je le tuerais.

—Et moi, j'en suis sûr, répondit tranquillement Michel Strogoff.

VII

LE PASSAGE DE L'YENISEÏ

Le 25 août, à la tombée du jour, la kibitka arrivait en vue de Krasnoiarsk. Le voyage depuis Tomsk avait duré huit jours.

Très heureusement, il n'était pas encore question des Tartares. Aucun éclaireur n'avait paru sur la route que venait de suivre la kibitka. Un nouveau corps russe avait marché sur Tomsk afin d'essayer de reprendre la ville. Mais, trop faible contre les troupes de l'émir, il avait dû opérer sa retraite. L'invasion ne semblait donc pas devoir être enrayée de sitôt, et toute la masse tartare allait pouvoir marcher sur Irkoutsk.

La bataille de Tomsk était du 22 août, ce que Michel Strogoff ignorait, mais ce qui expliquait pourquoi l'avant-garde de l'émir n'avait pas encore paru à Krasnoiarsk à la date du 25.

La kibitka n'était plus qu'à une demi-verste de Krasnoiarsk. Il était sept heures du soir.

La kibitka s'était arrêtée.

—Où sommes-nous, sœur? demanda Michel Strogoff.

—A une demi-verste au plus des premières maisons, répondit Nadia.

—Est-ce donc une ville endormie? reprit Michel Strogoff. Nul bruit n'arrive à mon oreille.

—Et je ne vois pas une lumière briller dans l'ombre, pas une fumée monter dans l'air, ajouta Nadia.

—La singulière ville! dit Nicolas. On n'y fait pas de bruit et on s'y couche de bonne heure?

Dix minutes après, la kibitka entrait dans la grande rue. Krasnoiarsk était déserte!

Le dernier télégramme parti du cabinet du czar, avant la rupture du fil, avait donné ordre au gouverneur, à la garnison, aux habitants d'abandonner Krasnoiarsk et de se réfugier à Irkoustsk.

—Bon Dieu! s'écria Nicolas, jamais je ne gagnerai mes appointements dans ce désert!

—Ami, dit Nadia il faut reprendre avec nous la route d'Irkoustk.

—Il le faut, en vérité! répondit Nicolas. Le fil doit encore fonctionner entre Oudinsk et Irkoutsk, et là... Partons-nous, petit père?

—Attendons à demain, répondit Michel Strogoff.

Michel Strogoff, Nadia et Nicolas n'eurent pas à chercher longtemps pour trouver un lieu de repos. La première maison dont ils poussèrent la porte était vide. Nicolas et la jeune fille s'endormirent, tandis que veillait Michel Strogoff.

Le lendemain, 26 août, avant l'aube, la kibitka, réattelée, traversait le parc de bouleaux pour atteindre la berge de l'Yeniseï.

Le jour commençait à se lever lorsque la kibitka arriva sur la rive gauche. En cet endroit, les berges dominaient d'une centaine de pieds le cours de l'Yeniseï. On pouvait donc l'observer.

—Vois-tu un bateau? demanda Michel Strogoff.

—Je n'en vois aucun, répondit Nicolas.

—Regarde bien, ami, sur cette rive et sur la rive opposée, aussi loin que puisse aller ta vue! Un bateau, une barque, un canot d'écorce!

Mais pas une embarcation, ni sur la rive gauche, ni sur la rive droite, ni à la berge des îles. Toutes avaient été emmenées ou détruites par ordre.

—Je me souviens, dit alors Michel Strogoff. Il y a plus haut, un petit port d'embarquement. Ami, remontons le cours du fleuve, et vois si quelque barque n'a pas été oubliée sur la rive.

Vingt minutes après, tous trois avaient atteint le petit port d'embarquement.

Mais il n'y avait pas une embarcation sur la grève, pas un canot à l'estacade qui servait d'embarcadère, rien même dont on pût construire un radeau suffisant pour trois personnes.

—Nous passerons, répondit Michel Strogoff.

Et les recherches continuèrent. On fouilla les quelques maisons assises sur la berge et abandonnées.

Nicolas et la jeune fille, chacun de son côté, avaient vainement fureté dans ces cabanes, et ils se disposaient à abandonner leurs recherches, lorsqu'ils s'entendirent appeler.

Tous deux regagnèrent la berge et aperçurent Michel Strogoff sur le seuil d'une porte.

—Venez! leur cria-t-il.

Ils entrèrent dans la cabane.

—Qu'est-ce que cela? demanda Michel Strogoff en touchant de la main divers objets entassés au fond d'un cellier.

—Ce sont des outres, répondit Nicolas, et il y en a, ma foi, une demi-douzaine!

—Elles sont pleines?...

Le "koumyss" est une boisson fabriquée avec du lait du jument ou de chamelle, boisson fortifiante, enivrante même, et Nicolas ne pouvait que se féliciter de sa trouvaille.

—Mets-en une à part, lui dit Michel Strogoff, mais vide toutes les autres.

—A l'instant, petit père.

—Voilà qui nous aidera à traverser l'Yeniseï.

—Et le radeau?

—Ce sera la kibitka elle-même, qui est assez légère pour flotter. D'ailleurs, nous la soutiendrons ainsi que le cheval, avec ces outres.

—Bien imaginé, petit père, s'écria Nicolas, et Dieu aidant, nous arriverons à bon port...

—A l'ouvrage, dit Nicolas, qui commença à vider les outres et à les transporter jusqu'à la kibitka.

Cet ouvrage fut bientôt achevé.

—Tu n'auras pas peur Nadia? demanda Michel Strogoff.

—Non, frère, répondit la jeune fille.

—Et toi, ami?

—Moi? s'écria Nicolas. Je réalise enfin un de mes rêves: naviguer en charrette!

En cet endroit, la berge, assez déclive, était favorable au lancement de la kibitka.

Michel Strogoff tenait les guides du cheval, et, selon les indications que lui donnait Nicolas, il dirigeait obliquement l'animal, mais en le ménageant, car il ne voulait pas l'épuiser à lutter contre le courant.

Deux heures seulement après avoir quitté le port d'embarquement, la kibitka avait traversé et venait d'accoster.

—Ce qui n'a été que difficile pour nous, ami, dit Michel Strogoff, sera peut-être impossible aux Tartares!

VIII

UN LIÈVRE QUI TRAVERSE LA ROUTE

Michel Strogoff pouvait enfin croire que la route était libre jusqu'à Irkoutsk.

La kibitka, après être redescendue obliquement vers le sud-est pendant une quinzaine de verstes, retrouva et reprit la longue voie tracée à travers la steppe.

La route était bonne et le temps favorisait les voyageurs.

Le 28 août, les voyageurs dépassaient le bourg de Balaisk, à quatre-vingts verstes de Krasnoiarsk, et le 29, celui de Ribinsk, à quarante verstes de Balaisk.

Le lendemain, trente-cinq verstes au-delà, elle arrivait à Kamsk.

De Kamsk à la bourgade prochaine, l'étape fut très longue, environ cent trente verstes. Il va sans dire que les haltes réglementaires furent observées.

Après avoir franchi la petite rivière de Biriousa, la kibitka atteignit Biriousinsk dans la matinée du 4 septembre.

En sortant de Biriousinsk, un lièvre vint à traverser le chemin, à trente pas en avant de la kibitka.

—Ah! fit Nicolas.

—Qu'as-tu, ami? demanda vivement Michel Strogoff.

—Tu n'as pas vu?... dit Nicolas, dont la souriante figure s'était subitement assombrie.

Puis il ajouta:

—Ah! non! tu n'as pu voir, et c'est heureux pour toi, petit père!

—Mais je n'ai rien vu, dit Nadia.

—Tant mieux! Tant mieux! Mais moi... j'ai vu!...

—Qu'est-ce donc? demanda Michel Strogoff.

—Un lièvre qui vient de croiser notre route! répondit Nicolas.

En Russie, lorsqu'un lièvre croise la route d'un voyageur, la croyance populaire veut que ce soit le signe d'un malheur prochain.

—Il n'y a rien à craindre, ami, dit Michel Strogoff.

—Rien pour toi, ni pour elle, je le sais, petit père, répondit Nicolas, mais pour moi!

Et, reprenant:

—C'est la destinée, dit-il.

Et il remit son cheval au trot.

Cependant, en dépit du fâcheux pronostic, la journée s'écoula sans aucun incident.

Trente verstes avant Nijni-Oudinsk, les indices d'une dévastation récente ne purent plus être méconnus, et il était impossible de les attribuer à d'autres qu'aux Tartares.

Enfin, dans la journée du 8 septembre, la kibitka s'arrêta. Le cheval refusait d'avancer.

—Qu'y a-t-il? demanda Michel Strogoff.

—Un cadavre! répondit Nicolas, qui se jeta hors de la kibitka.

Ce cadavre était celui d'un moujik, horriblement mutilé et déjà froid.

Nicolas se signa. Puis, aidé de Michel Strogoff, il transporta ce cadavre sur le talus de la route.

—Partons, ami, partons! s'écria-t-il. Nous ne pouvons nous retarder, même d'une heure!

Et la kibitka reprit sa marche.

Aux approches de Nijni-Oudinsk, ce fut par vingtaines que l'on trouva de ces corps, étendus sur le sol.

Une verste fut encore parcourue.

Michel Strogoff allait proposer à Nicolas de quitter la route et, s'il le fallait absolument, de ne la reprendre qu'après avoir tourné Nijni-Oudinsk, lorsqu'un coup de feu retentit sur la droite. Une balle siffla, et le cheval de la kibitka, frappé à la tête, tomba mort.

Au même instant, une douzaine de cavaliers se jetaient sur la route, et la kibitka était entourée. Michel Strogoff, Nadia et Nicolas étaient prisonniers et entraînés rapidement vers Nijni-Oudinsk.

Michel Strogoff, dans cette soudaine attaque, n'avait rien perdu de son sang froid. N'ayant pu voir ses ennemis, il n'avait pu songer à se défendre. Mais, s'il ne voyait pas, il pouvait écouter ce qu'ils disaient et le comprendre.

En effet, à leur langage, il reconnut que ces soldats étaient des Tartares, et, à leurs paroles, qu'ils précédaient l'armée des envahisseurs.

Voilà donc ce dont Michel Strogoff fut informé: arrivée devant Irkoutsk d'une troisième colonne de Tartares et jonction prochaine de l'émir et d'Ivan Ogareff avec le gros de leurs troupes. Conséquemment, l'investissement d'Irkoutsk et, par suite, sa reddition n'étaient plus qu'une affaire de temps, peut-être d'un temps très court.

Une demi-heure après l'attaque des cavaliers tartares, Michel Strogoff, Nicolas et Nadia entraient à Nijni-Oudinsk.

Les prisonniers furent jetés sur des chevaux et entraînés rapidement.

Les Tartares n'avaient pas été sans s'apercevoir que l'un de leurs prisonniers était aveugle.

Bientôt même, par raffinement de barbarie, eurent-ils l'idée d'échanger le cheval que montait Michel Strogoff pour un autre qui était aveugle.

Nicolas, devant ces mauvais traitements, ne pouvait se contenir. Il voulait courir au secours de son compagnon. On l'arrêtait, on le brutalisait.

A un certain moment, dans la journée du 10 septembre, le cheval aveugle s'emporta et courut droit à une fondrière, profonde de trente à quarante pieds, qui bordait la route. Le cheval, n'étant pas guidé, se précipita avec son cavalier dans cette fondrière.

Nadia et Nicolas poussèrent un cri d'épouvante!... Ils durent croire que leur malheureux compagnon avait été broyé dans cette chute!

Lorsqu'on alla le relever, Michel Strogoff, ayant pu se jeter hors de selle, n'avait aucune blessure, mais le malheureux cheval était hors de service.

Michel Strogoff, attaché à la selle d'un Tartare, dut suivre à pied le détachement!

Le lendemain, 11 septembre, le détachement franchissait la bourgade de Chirbarlinskoë.

Alors, un incident se produisit, qui devait avoir des conséquences très graves. La nuit était venue. Les cavaliers tartares, ayant fait halte, s'étaient plus ou moins enivrés. Ils allaient repartir.

Nadia, qui jusqu'alors, et comme par miracle, avait été respectée de ces soldats, fut insultée par l'un d'eux.

Michel Strogoff n'avait pu voir ni l'insulte ni l'insulteur, mais Nicolas avait vu pour lui.

Alors, tranquillement, sans avoir réfléchi, sans peut-être avoir la conscience de son action, Nicolas alla droit au soldat, et, avant que celui-ci eût pu faire un mouvement pour l'arrêter, saisissant un pistolet aux fontes de sa selle, il le lui déchargea en pleine poitrine.

L'officier qui commandait le détachement accourut aussitôt au bruit de la détonation.

Les cavaliers allaient écharper le malheureux Nicolas, mais, à un signe de l'officier, on le garrotta, on le mit en travers sur un cheval et le détachement repartit au galop. La corde qui attachait Michel Strogoff, rongée par lui, se brisa dans l'élan inattendu du cheval, et son cavalier, à demi-ivre, emporté dans une course rapide, ne s'en aperçut pas.

Michel Strogoff et Nadia se trouvèrent seuls sur la route.

IX

DANS LA STEPPE

Michel Strogoff et Nadia étaient donc libres encore une fois. Il était dix heures du soir. Il n'y avait pas une maison en vue. Les derniers Tartares se perdaient dans le lointain. Michel Strogoff et Nadia étaient bien seuls.

—Où te conduirai-je, Michel?
—A Irkoutsk! répondit-il.
—Par la grande route?
—Oui, Nadia.

Nadia reprit la main de Michel Strogoff, et ils partirent. Le lendemain matin, 12 septembre, vingt verstes plus loin, tous deux faisaient une courte halte. Le bourg était incendié et désert.

Nadia, épuisée par la faim, dont son compagnon souffrait cruellement aussi, fut assez heureuse pour trouver dans une maison du bourg une certaine quantité de viande sèche et de "soukhairs", morceaux de pain qui, desséchés par une évaporation, peuvent conserver indéfiniment leurs qualités nutritives.

Ils se remirent en route. Michel Strogoff allait d'un pas assuré et ne le ralentissait que pour sa compagne. Nadia, ne voulant pas rester en arrière, se forçait à marcher. Heureusement, son compagnon ne pouvait voir à quel état misérable la fatigue l'avait réduite.

Cependant, Michel Strogoff le sentait.

—Tu es à bout de forces, pauvre enfant, lui disait-il quelquefois.

—Non, répondait-elle.

—Quand tu ne pourras plus marcher, je te porterai, Nadia.

—Oui, Michel.

Deux fois par jour, ils faisaient halte. Ils se reposaient six heures par nuit.

Puis, la marche était reprise, et lorsque Michel Strogoff sentait que c'était lui qui traînait la pauvre Nadia, il allait d'un pas moins rapide. Ils causaient peu, et seulement de Nicolas.

Un jour, Michel Strogoff dit à la jeune fille:

—Tu ne me parles jamais de ma mère, Nadia? Parle-moi d'elle. Parle! Tu me feras plaisir!

Et alors, Nadia raconta tout ce qui s'était passé entre Marfa et elle depuis leur rencontre à Omsk.

Puis, plus tard, il ajouta:

—J'ai manqué à mon serment, Nadia. J'avais juré de ne pas voir ma mère!

—Mais tu n'as pas cherché à la voir, Michel! répondit Nadia. Le hasard seul t'a mis en sa présence!

—J'avais juré, quoi qu'il arrivât, de ne point me trahir!

—Michel! Michel! A la vue du fouet levé sur Marfa Strogoff, pouvais-tu résister? Non! Il n'y a pas de serment qui puisse empêcher un fils de secourir sa mère!

—J'ai manqué à mon serment, Nadia, répondit Michel Strogoff. Que Dieu et le Père me le pardonnent!

—Michel, dit alors la jeune fille, j'ai une question à te faire. Ne me réponds pas, si tu ne crois pas devoir me répondre. De toi, rien ne me blessera.

—Parle, Nadia.

—Pourquoi, maintenant que la lettre du czar t'a été enlevée, es-tu si pressé d'arriver à Irkoutsk?

Michel Strogoff serra plus fortement la main de sa compa-

gne, mais il ne répondit pas.

—Connaissais-tu donc le contenu de cette lettre avant de quitter Moscou? reprit Nadia.

—Non, je ne le connaissais pas.

—Dois-je penser, Michel, que le seul désir de me remettre entre les mains de mon père t'entraîne vers Irkoutsk?

—Non, Nadia, répondit gravement Michel Strogoff. Je vais là où mon devoir m'ordonne d'aller!

—Pauvre Michel! répondit Nadia. Pourquoi, maintenant, as-tu tant de hâte d'atteindre Irkoutsk?

—Parce qu'il faut que j'y sois avant Ivan Ogareff! s'écria Michel Strogoff.

—Même encore?

—Même encore, et j'y serai!

Nadia comprit que son compagnon ne lui disait pas tout, et qu'il ne pouvait pas tout lui dire.

Le 15 septembre, trois jours plus tard, tous deux atteignaient la bourgade de Kouitounskoë, à soixante-dix verstes de Toulounovskoë. La jeune fille ne marchait plus sans d'extrêmes souffrances.

Pendant trois jours, ce fut ainsi.

Il ne fallut pas moins de trois jours pour atteindre Kimilteiskoë. Nadia se traînait. Quelle que fût son énergie morale, la force physique allait lui manquer. Michel Strogoff ne le savait que trop!

Plusieurs fois, Nadia fut forcée de s'arrêter; Michel Strogoff la prenait alors dans ses bras, et, n'ayant pas à penser à la fatigue de la jeune fille du moment où il la portait, il marchait plus rapidement et de son pas infatigable. Le 18 septembre, à dix heures du soir, tous deux atteignirent enfin Kimilteiskoë.

Nadia conduisit son compagnon à travers la bourgade ruinée. Il y avait au moins cinq ou six jours que les derniers Tartares étaient passés.

Soudain, Michel Strogoff et Nadia s'arrêtèrent, comme si leurs pieds eussent été saisis dans quelque crevasse du sol. Un aboiement avait traversé la steppe.

—Entends-tu? dit Nadia.

Puis, un cri lamentable lui succéda, un cri désespéré, comme le dernier appel d'un être humain qui va mourir.

—Nicolas! Nicolas! s'écria la jeune fille, poussée par quelque sinistre pressentiment.

Michel Strogoff, qui écoutait, secoua la tête.

—Viens, Michel, viens, dit Nadia.

Et elle, qui tout à l'heure se traînait à peine, recouvra soudain ses forces sous l'empire d'une violente surexcitation.

—Nous avons quitté la route? dit Michel Strogoff, sentant qu'il foulait, non plus un sol poudreux, mais une herbe rase.

—Oui..., il le faut!... répondit Nadia. C'est de là, sur la droite, que le cri est venu!

—Nicolas! cria la jeune fille.

Son appel resta sans réponse.

Michel Strogoff prêtait l'oreille.

Et, cependant, une voix s'éleva encore, qui, cette fois, murmura d'un ton plaintif:

—Michel!...

—Nicolas ne pouvait être loin! Lui seul avait pu murmurer ce nom de Michel! Où était-il? Nadia n'avait même plus la force de l'appeler.

Michel Strogoff, rampant sur le sol, cherchait de la main.

En même temps, un cri d'horreur échappait à Nadia!

—Là..., là, dit-elle.

Une tête sortait du sol! Elle l'eût heurtée du pied, sans l'intense clarté que le ciel jetait sur la steppe.

Nadia tomba, à genoux, près de cette tête.

Nicolas, enterré jusqu'au cou, suivant l'atroce coutume tartare, avait été abandonné dans la steppe, pour y mourir de faim et de soif, et peut-être sous la dent des loups ou le bec des oiseaux de proie.

Michel Strogoff creusa la terre avec son couteau pour en exhumer ce vivant.

Les yeux de Nicolas, fermés jusqu'alors, se rouvrirent.

Il reconnut Michel et Nadia, puis:

—Adieu, amis, murmura-t-il. Je suis content de vous avoir revus! Priez pour moi!...

Et ces paroles furent les dernières.

Michel Stogoff voulut alors l'ensevelir.

En ce moment, un grand tumulte se produisit sur la route, distante au plus d'une demi verste.

Michel Strogoff écouta.

Au bruit, il reconnut qu'un détachement d'hommes à cheval s'avançait.

C'était l'avant-garde de l'émir, qui défilait rapidement sur la route d'Irkoutsk.

Michel Strogoff ne pouvait plus suivre le chemin, maintenant occupé par les Tartares. Il lui fallait se jeter à travers la steppe et tourner Irkoutsk.

Nadia ne pouvait plus se traîner, mais elle pouvait voir pour lui. Il la porta dans ses bras et s'enfonça dans le sud-ouest de la province.

Douze jours après, le 2 octobre, à six heures du soir, une immense nappe d'eau se déroulait aux pieds de Michel Strogoff.

C'était le lac Baïkal.

X

BAÏKAL ET ANGARA

C'était à la pointe sud-ouest du lac que Michel Strogoff venait d'arriver, portant Nadia, dont toute la vie, pour ainsi dire, se concentrait dans les yeux.

Cette extrémité du Baïkal, qu'il croyait déserte, qui l'est en tout temps, ne l'était pas alors.

Une cinquantaine d'individus se trouvaient réunis à l'angle que forme la pointe sud-ouest du lac.

—Des Russes! s'écria-t-elle.

Mais ils avaient été aperçus, et quelques-uns de ces Russes, courant à eux, amenèrent l'aveugle et la jeune fille au bord d'une petite grève à laquelle était amarré un radeau.

Le radeau allait partir.

Ces Russes étaient des fugitifs, que le même intérêt avait réunis en ce point du Baïkal. Ils cherchaient à se réfugier à Irkoutsk, et ne pouvant y arriver par terre, ils espéraient l'atteindre en descendant le cours du fleuve qui traverse la ville.

Les amarres furent larguées, et, sous l'action du courant, le radeau suivit le littoral.

Un vieux marinier du Baïkal avait pris le commandement du radeau. C'était un homme de soixante-cinq ans.

Le lendemain, à quatre heures du soir, l'embouchure de l'Angara fut signalée par le vieux marinier. On apercevait sur la rive droite le petit port de Livenitchnaia.

Le radeau arriva au petit port et il s'y arrêta. Là, le vieux marinier avait décidé de relâcher pendant une heure, afin de faire quelques réparations indispensables.

Le vieux marinier ne s'attendait pas à recueillir de nouveaux fugitifs, et cependant, au moment où le radeau accostait, deux passagers sortant d'une maison déserte, accoururent à toutes jambes sur la berge.

Nadia, assise à l'arrière, regardait d'un œil distrait.

Un cri faillit lui échapper. Elle saisit la main de Michel Strogoff, qui, à ce mouvement, releva la tête.

—Qu'as-tu, Nadia? demanda-t-il.

—Nos deux compagnons de route, Michel.

—Ce Français et cet Anglais que nous avons rencontrés dans les défilés de l'Oural?

—Oui.

—Nadia, dit-il, dès que ce Français et cet Anglais seront embarqués, prie-les de venir près de moi!

Alcide Jolivet était déjà installé à l'avant du radeau, lorsqu'il sentit une main s'appuyer sur son bras. Il se retourna et reconnut Nadia.

—Venez, lui dit Nadia.

Et, d'un air indifférent, Alcide Jolivet, faisant signe à Harry Blount de l'accompagner, la suivit.

A leur approche, Michel Strogoff n'avait pas bougé. Alcide Jolivet s'était retourné vers la jeune fille.

—Mon pauvre frère est aveugle!

—Messieurs, dit Michel Strogoff à voix basse, vous ne devez pas savoir qui je suis, ni ce que je suis venu faire en Sibérie. Je vous demande de respecter mon secret. Me le promettez-vous?

—Sur l'honneur, répondit Alcide Jolivet.

—Sur ma foi de gentleman, ajouta Harry Blount.

—Bien, messieurs.

—Pouvons-nous vous être utiles? demanda Harry Blount.

—Je préfère agir seul, répondit Michel Strogoff.

—Mais ces gueux-là vous ont brûlé la vue, dit Alcide Jolivet.

—J'ai Nadia, et ses yeux me suffisent!

Une demi-heure plus tard, le radeau, après avoir quitté le petit port de Livenitchnaia, s'engageait dans le fleuve.

XI

ENTRE DEUX RIVES

A huit heures du soir, une obscurité profonde enveloppa toute la contrée.

L'obscurité ne pouvait que favoriser dans une grande mesure les projets des fugitifs.

Un froid très aigu se propageait à travers l'atmosphère. Les fugitifs souffrirent cruellement, n'ayant d'autre abri que quelques branches de bouleau.

Michel Strogoff et Nadia, couchés à l'arrière, supportaient sans se plaindre ce surcroît de souffrance. Alcide Jolivet et Harry Blount, placés près d'eux, résistaient de leur mieux à ces premiers assauts de l'hiver sibérien.

Comme Alcide Jolivet, couché du côté droit du radeau, avait laissé sa main pendre au fil de l'eau, il fut surpris de l'impression que lui causa le contact du courant à sa surface. Il semblait être de consistance visqueuse, comme s'il eût été formé d'une huile minérale.

Alcide Jolivet, contrôlant alors le toucher par l'odorat, ne put s'y tromper. C'était bien une couche de naphte liquide.

Le radeau flottait-il dont réellement sur cette substance qui est si éminemment combustible? D'où venait ce naphte?

Telles furent les deux questions que se posa Alcide Jolivet, mais de cet incident il crut devoir n'instruire qu'Harry Blount, et tous deux furent d'accord pour ne point alarmer leurs compagnons en leur révélant ce nouveau danger.

Cependant, vers dix heures du soir, Harry Blount crut voir de nombreux corps noirs qui se mouvaient à la surface des glaçons. Ces ombres, sautant de l'un à l'autre, se rapprochaient rapidement.

"Des Tartares!" pensa-t-il.

Et, se glissant près du vieux marinier qui se tenait à l'avant, il lui montra ce mouvement suspect.

Le vieux marinier regarda attentivement.

—Ce ne sont que des loups, dit-il. J'aime mieux ça que des Tartares. Mais il faut se défendre, et sans bruit!

En effet, les fugitifs eurent à lutter contre ces féroces carnassiers, que la faim et le froid jetaient à travers la province. Les loups avaient senti le radeau, et bientôt ils l'attaquèrent.

Les hommes, les uns armés de perches, les autres de leur couteau, la plupart de bâtons, se mirent en mesure de repousser les assaillants.

Michel Strogoff n'avait pas voulu rester inactif. Il s'était étendu sur le côté du radeau attaqué par la bande des carnassiers. Il avait tiré son couteau, et, chaque fois qu'un loup passait à sa portée, sa main savait le lui enfoncer dans la gorge. Harry Blount et Alcide Jolivet ne chômèrent pas non plus, et ils firent une rude besogne.

Cependant, la lutte ne semblait pas devoir se terminer de sitôt. La bande de loups se renouvelait sans cesse, et il fallait que la rive droite de l'Angara en fût infestée.

Les fugitifs, épuisés, faiblissaient visiblement alors. Le combat tournait à leur désavantage. En ce moment, un groupe de dix loups de haute taille envahirent la plate-forme du radeau.

Mais un changement de front se produisit soudain.

En quelques secondes, les loups eurent abandonné non seulement le radeau, mais aussi les glaçons épars sur le fleuve. Tous ces corps noirs se dispersèrent.

C'est qu'il fallait à ces loups les ténèbres pour agir, et qu'alors une intense clarté éclairait tout le cours de l'Angara.

C'était la lueur d'un immense incendie. La bourgade de Poshakavsk brûlait toute entière. Cette fois, les Tartares étaient là, accomplissant leur œuvre.

Il était onze heures et demie du soir. Le radeau continuait à glisser dans l'ombre au milieu des glaçons, mais de grandes plaques de lumière s'allongeaient parfois jusqu'à lui.

Il suffisait d'une étincelle, tombant à la surface de l'Angara, pour que l'incendie se propageât au fil des eaux et portât le désastre d'une rive à l'autre. C'était, à bref délai, la destruction du radeau et de tous ceux qu'il entraînait.

Michel Strogoff s'approcha de la jeune fille, lui prit la main et lui posa cette invariable question: "Nadia, es-tu prête?" à laquelle elle répondit comme toujours:

—Je suis prête!

A une heure et demie, malgré tous les efforts qui furent tentés, le radeau vint butter contre un épais barrage et s'arrêta brusquement.

—Viens, Nadia, murmura Michel Strogoff à l'oreille de la jeune fille.

Sans faire une seule observation, "prête à tout", Nadia prit la main de Michel Strogoff.

—Il s'agit de traverser le barrage, lui dit-il tout bas. Guide-moi, mais que personne ne nous voie quitter le radeau!

Nadia obéit. Michel Strogoff et elle se glissèrent rapidement à la surface du champ.

Nadia rampait en avant de Michel Strogoff.

Dix minutes plus tard, le bord inférieur du barrage était atteint. Là, les eaux de l'Angara redevenaient libres. Quelques glaçons, détachés peu à peu du champ, reprenaient le courant et descendaient vers la ville.

Nadia comprit ce que voulait tenter Michel Strogoff. Elle vit un de ces glaçons qui ne tenait plus que par une étroite langue.

—Viens, dit Nadia.

Tous deux se couchèrent sur ce morceau de glace, qu'un léger balancement dégagea du barrage.

Le glaçon commença à dériver. Le lit du fleuve s'élargissant, la route était libre. Michel Strogoff et Nadia écoutaient les coups de feu, les cris de détresse, les hurlements des Tartares qui se faisaient entendre en amont... Puis, peu à peu, ces bruits de profonde angoisse et de joie féroce s'éteignirent dans l'éloignement.

—Pauvres compagnons! murmura Nadia.

Le courant entraîna rapidement le glaçon qui portait Michel Strogoff et Nadia.

Michel Strogoff n'était plus qu'à une demi-verste de la ville.

—Enfin! murmura-t-il.

Mais soudain, Nadia poussa un cri.

A ce cri, Michel Strogoff se redressa sur le glaçon, qui vacillait.

Sa main se tendit vers le haut de l'Angara. Sa figure, tout éclairée de reflets bleuâtres, devint effrayante à voir, et alors, comme si ses yeux se fussent rouverts à la lumière:

—Ah! s'écria-t-il, Dieu lui-même est donc contre nous!

XII

IRKOUTSK

Irkoutsk, capitale de la Sibérie orientale, est une ville peuplée, en temps ordinaire, de trente mille habitants.

La ville, moitié byzantine, moitié chinoise, redevient européenne par ses rues macadamisées, bordées de trottoirs, traversées de canaux, plantées de bouleaux gigantesques, par ses maisons de briques et de bois.

A cette époque, Irkoutsk, refuge de Sibériens de la province, était encombrée.

Irkoutsk est la résidence du gouverneur général de la Sibérie orientale. En outre, on le sait, et par suite de circonstances particulières, le frère du czar était enfermé dans la ville depuis le début de l'invasion.

C'était un voyage d'une importance politique qui avait conduit le grand-duc dans ces lointaines provinces de l'Asie orientale.

Le grand-duc, après avoir parcouru les principales cités sibériennes, voyageant en militaire plutôt qu'en prince, accompagné de ses officiers, escorté d'un détachement de Cosaques, s'était transporté jusqu'aux contrées transbaïkaliennes.

Arrivé aux confins de l'immense empire moscovite, le grand-duc revenait vers Irkoutsk, où il comptait reprendre la route de l'Europe, quand lui arrivèrent les nouvelles de cette invasion aussi menaçante que subite.

Il se hâta de rentrer dans la capitale, mais lorsqu'il y arriva, les communications avec la Russie allaient être interrompues. Il reçut encore quelques télégrammes de Pétersbourg et de Moscou, il put même y répondre. Puis le fil fut coupé dans les circonstances que l'on connaît.

Irkoutsk était isolée du reste du monde.

Le grand-duc n'avait plus qu'à organiser la résistance, et c'est ce qu'il fit.

Ce qui importait avant tout c'était de mettre la ville en état de soutenir un siège de quelque durée.

C'est donc à des travaux de fortification que les bras furent occupés tout d'abord.

La troisième colonne tartare, celle qui venait de remonter la vallée de l'Yeniseï, parut le 24 septembre en vue d'Irkoutsk.

Les Tartares s'organisèrent donc en attendant l'arrivée des deux autres colonnes, commandées par l'émir et ses alliés.

La jonction de ces divers corps s'opéra le 25 septembre, au

camp de l'Angara, et toute l'armée, sauf les garnisons laissées dans les principales villes conquises, fut concentrée sous la main de Féofar-Khan.

Les Tartares occupèrent donc la rive droite du fleuve. Puis ils remontèrent vers la ville, et ils vinrent définitivement prendre position pour le siège, après avoir entièrement investi Irkoutsk.

Cependant, l'émir essaya deux fois d'enlever la ville au prix d'un grand sacrifice d'hommes.

Ivan Ogareff pensa alors à demander à la trahison ce que la force ne pouvait lui donner. Son projet était de pénétrer dans la ville, d'arriver jusqu'au grand-duc, de capter sa confiance, et le moment venu, de livrer une des portes aux assiégeants; puis, cela fait, d'assouvir sa vengeance sur le frère du czar.

La tsigane Sangarre, qui l'avait accompagné au camp de l'Angara, le poussa à mettre ce projet à exécution.

Un soir, le 2 octobre, un conseil de guerre fut tenu dans le grand salon du palais du gouverneur général.

—Messieurs, dit le grand-duc, vous connaissez exactement notre situation. J'ai le ferme espoir que nous pourrons tenir jusqu'à l'arrivée des troupes d'Irkoutsk.

—Votre Altesse sait qu'elle peut compter sur toute la population d'Irkoutsk, répondit le général Voranzoff.

—Oui, général, répondit le grand-duc, et je rends hommage à son patriotisme. Un émissaire adroit et courageux a pu pénétrer ce matin dans la ville, et il m'a appris que cinquante mille Russes s'avançaient à marche forcée sous les ordres du général Kisselef. Ils étaient, il y a deux jours, sur les rives de la Lena, à Kirensk, et, maintenant, ni le froid, ni les neiges ne les empêcheront d'arriver.

—J'ajouterai, dit le chef des marchands, que le jour où Votre Altesse ordonnera une sortie, nous serons prêts à exécuter ses ordres.

—Bien, monsieur, répondit le grand-duc. Attendons que nos têtes de colonnes aient paru sur les hauteurs, et nous écraserons les envahisseurs.

—J'ai à faire connaître à Votre Altesse, dit le maître de police, une supplique qui lui est adressée par mon intermédiaire.

—Adressée par...?

—Par les exilés de Sibérie, qui, Votre Altesse le sait, sont au nombre de cinq cents dans la ville.

—Que demandent les exilés? dit le grand-duc.

—Ils demandent à Votre Altesse, répondit le maître de police, l'autorisation de former un corps spécial et d'être placés en tête à la première sortie.

—Oui, répondit le grand-duc avec émotion, mais il leur faut un chef. Quel sera-t-il?

—Ils voudraient faire agréer à Votre Altesse, dit le maître de police, l'un d'eux qui s'est distingué en plusieurs occasions.

—Il se nomme...?

—Wassili Fédor.

Lorsque le maître de police eut prononcé ce nom devant le grand-duc, celui-ci répondit qu'il ne lui était pas inconnu.

—En effet, répondit le général Voranzoff, Wassili Fédor, est un homme de valeur et de courage. Son influence sur ses compagnons a toujours été très grande.

—Depuis quand est-il à Irkoutsk? demanda le grand-duc.

—Depuis deux ans.

—Et sa conduite...?

—Sa conduite, répondit le maître de police, est celle d'un homme soumis aux lois spéciales qui le régissent.

—Général, répondit le grand-duc, veuillez me le présenter immédiatement.

Les ordres du grand-duc furent exécutés, et une demi-heure ne s'était pas écoulée que Wassili Fédor était introduit en sa présence.

C'était un homme ayant quarante ans au plus, grand, la physionomie sévère et triste. On sentait que toute sa vie se résumait dans ce mot: la lutte, et qu'il avait lutté et souffert.

Wassili Fédor, en présence du grand-duc, s'inclina et attendit d'être interrogé.

—Wassili Fédor, lui dit le grand-duc, tes compagnons d'exil

ont demandé à former un corps d'élite. Ils n'ignorent pas que, dans ces corps, il faut savoir se faire tuer jusqu'au dernier?

—Ils ne l'ignorent pas, répondit Wassili Fédor.

—Ils te veulent pour chef.

—Moi, Altesse?

—Consens-tu à te mettre à leur tête?

—Oui, si le bien de la Russie l'exige.

—Commandant Fédor, dit le grand-duc, tu n'es plus exilé.

—Merci, Altesse, mais puis-je commander à ceux qui le sont encore?

—Ils ne le sont plus!

C'était la grâce de tous ses compagnons d'exil, maintenant ses compagnons d'armes, que lui accordait le frère du czar!

Wassili Fédor serra avec émotion la main que lui tendait le grand-duc, et il sortit.

Dix heures du soir venaient de sonner. Le grand-duc allait congédier ses officiers et se retirer dans ses appartements quand un certain tumulte se produisit en dehors du palais.

Presque aussitôt, la porte du salon s'ouvrit, un aide de camp parut, et, s'avançant vers le grand-duc:

—Altesse, dit-il, un courrier du czar!

XIII

UN COURRIER DU CZAR

Un mouvement simultané porta tous les membres du conseil vers la porte entrouverte. Un courrier du czar arrivé à Irkoutsk!
Le grand-duc avait vivement marché vers son aide de camp.
—Ce courrier! dit-il.
Un homme entra. Il avait l'air épuisé de fatigue. Il portait un costume de paysan sibérien, usé, déchiré même, et sur lequel on voyait quelques trous de balle.
Une balafre, mal cicatrisée, lui coupait la figure. Cet homme avait évidemment suivi une longue et pénible route.
—Son Altesse le grand-duc? s'écria-t-il en entrant.
Le grand-duc alla à lui:
—Tu es courrier du czar? demanda-t-il.
—Oui, Altesse.
—Tu viens...?
—De Moscou.
—Tu as quitté Moscou...?
—Le 15 juillet.
—Tu te nommes...?
—Michel Strogoff.

C'était Ivan Ogareff. Ni le grand-duc, ni personne ne le connaissait à Irkoutsk, et il n'avait pas même besoin de déguiser ses traits.

Après la réponse d'Ivan Ogareff, le grand-duc fit un signe, et tous ses officiers se retirèrent.

Le faux Michel Strogoff et lui restèrent seuls dans le salon.

Le grand-duc regarda Ivan Ogareff pendant quelques instants, et avec une extrême attention. Puis:

—Tu étais, le 15 juillet, à Moscou? lui demanda-t-il.

—Oui, Altesse, et, dans la nuit du 14 au 15, j'ai vu Sa majesté le czar au palais-Neuf.

—Tu as une lettre du czar?

—La voici.

Et Ivan Ogareff remit au grand-duc la lettre impériale, réduite à des dimensions presque microscopiques.

—Cette lettre t'a été donnée dans cet état? demanda le grand-duc.

—Non, Altesse, mais j'ai dû en déchirer l'enveloppe, afin de mieux la dérober aux soldats de l'émir.

—As-tu donc été prisonnier des Tartares?

—Oui, Altesse, pendant quelques jours, répondit Ivan Ogareff.

Le grand-duc prit la lettre. Il la déplia et reconnut la signature du czar. Donc, nul doute possible sur l'authenticité de cette lettre, ni même sur l'identité du courrier.

Le grand-duc resta quelques instants sans parler. Il lisait lentement la lettre, afin de bien en pénétrer le sens.

Reprenant ensuite la parole:

—Michel Strogoff, tu connais le contenu de cette lettre? demanda-t-il.

—Oui, Altesse. Je pouvais être forcé de la détruire pour qu'elle ne tombât pas entre les mains des Tartares, et, le cas échéant, je voulais en rapporter exactement le texte à Votre Altesse.

—Tu sais que cette lettre nous enjoint de mourir à Irkoutsk plutôt que de rendre la ville?

—Je le sais.

—Tu sais aussi qu'elle indique les mouvements des troupes qui ont été combinés pour arrêter l'invasion?

—Oui, Altesse, mais ces mouvements n'ont pas réussi.

—Mais y a-t-il eu combat? Nos Cosaques se sont-ils rencontrés avec les Tartares?

—Plusieurs fois, Altesse.

—Et ils ont été repoussés?

—Ils n'étaient pas en forces suffisantes.

Jusqu'ici, Ivan Ogareff n'avait dit que la vérité; mais, dans le but d'ébranler les défenseurs d'Irkoustsk en exagérant les avantages obtenus par les troupes de l'émir, il ajouta:

—Et une troisième fois en avant de Krasnoiarsk.

—Et ce dernier engagement?... demanda le grand-duc.

—Ce fut plus qu'un engagement, Altesse, répondit Ivan Ogareff, ce fut une bataille.

—Une bataille?

—Vingt mille Russes, venus de provinces de la frontière et du gouvernement de Tobolsk, se sont heurtés contre cent cinquante mille Tartares, et, malgré leur courage, ils ont été anéantis.

—Tu mens, s'écria le grand-duc, qui essaya, mais vainement, de maîtriser sa colère.

—Je dis la vérité, Altesse, répondit froidement Ivan Ogareff. J'étais présent à cette bataille de Krasnoiarsk, et c'est là que j'ai été fait prisonnier!

Le grand-duc se calma, et, d'un signe, il fit comprendre à Ivan Ogareff qu'il ne doutait pas de sa véracité.

—Quel jour a eu lieu cette bataille de Krasnoiarsk? demanda-t-il.

—Le 2 septembre.

—Et maintenant toutes les troupes tartares sont concentrées autour d'Irkoutsk?

—Toutes.

—Et tu les évalues...?

—A quatre cent mille hommes.

Nouvelle exgération d'Ivan Ogareff dans l'évaluation des armées tartares, et tendant toujours au même but.

—Et je ne dois attendre aucun secours des provinces de l'ouest? demanda le grand-duc.

—Aucun, Altesse, du moins avant la fin de l'hiver.

—Eh bien, entends ceci, Michel Strogoff. Aucun secours ne dût-il jamais arriver ni de l'ouest ni de l'est, et ces barbares fussent-ils six cent mille, je ne rendrai pas Irkoutsk!

Un quart d'heure se passa sans qu'il fît aucune autre question. Puis, reprenant la lettre, il en relut un passage et dit:

—Tu sais, Michel Strogoff, qu'il est question dans cette lettre d'un traître dont j'aurai à me méfier?
—Oui, Altesse.
—Il doit essayer d'entrer dans Irkoutsk sous un déguisement, de capter ma confiance, puis, l'heure venue, de livrer la ville aux Tartares.
—Je sais tout cela, Altesse, et je sais aussi qu'Ivan Ogareff avait juré de se venger personnellement du frère du czar.
—Pourquoi?
—On dit que cet officier a été condamné par le grand-duc à une dégradation humiliante.
—Oui..., la lettre m'en informe...
—Et Sa Majesté me l'a dit elle-même en m'avertissant que, pendant mon voyage à travers la Sibérie, j'eusse surtout à me méfier de ce traître.
—Tu l'as rencontré?
—Oui, Altesse, après la bataille de Krasnoiarsk. S'il avait pu se douter que je fusse porteur d'une lettre adressée à Votre Altesse et dans laquelle ses projets étaient dévoilés, il ne m'eût pas fait grâce.
—Oui, tu étais perdu! répondit le grand-duc. Et comment as-tu pu échapper?
—En me jetant dans l'Irtyche.
—Et tu es entré à Irkoutsk?...
—A la faveur d'une sortie qui a été faite ce soir même pour repousser un détachement tartare. Je me suis mêlé aux défenseurs de la ville, j'ai pu me faire reconnaître, et l'on m'a aussitôt conduit devant Votre Altesse.
—Bien, Michel Strogoff, répondit le grand-duc. Tu as montré du courage et du zèle pendant cette difficile mission. Je ne t'oublierai pas. As-tu quelque faveur à me demander?
—Aucune, si ce n'est celle de me battre à côté de Votre Altesse, répondit Ivan Ogareff.
—Soit, Michel Strogoff. Je t'attache dès aujourd'hui à ma personne, et tu seras logé dans ce palais.
—Et si, conformément à l'intention qu'on lui prête, Ivan Oga-

reff se présente à Votre Altesse sous un faux nom...?

—Nous le démasquerons, grâce à toi, qui le connais, et je le ferai mourir sous le knout. Va.

Ivan Ogareff salua militairement le grand-duc, n'oubliant pas qu'il était capitaine au corps des courriers du czar, et il se retira.

Personne non plus ne soupçonna le rôle odieux que jouait Ivan Ogareff, personne ne pouvait deviner que le prétendu courrier du czar ne fût qu'un traître.

Une circonstance toute naturelle fit que, dès son arrivée à Irkoutsk, des rapports fréquents s'établirent entre Ivan Ogareff et l'un des plus braves défenseurs de la ville, Wassili Fédor.

On sait de quelles inquiétudes ce malheureux père était dévoré.

Or, quand Wassili Fédor apprit cette arrivée si inattendue d'un courrier du czar, il eut comme un pressentiment que ce courrier pourrait lui donner des nouvelles de sa fille.

Wassili Fédor alla trouver Ivan Ogareff, qui saisit cette occasion d'entrer en relations quotidiennes avec le commandant.

Ivan Ogareff répondit avec un empressement habilement feint aux avances que lui fit le père de Nadia. Mais il ne connaissait pas Nadia. Il ne put donc donner aucune nouvelle de sa fille à Wassili Fédor.

Ivan Ogareff, entièrement libre des ses mouvements, commença à étudier Irkoutsk. Il s'attacha plus particulièrement à examiner la porte de Bolchaïa, qu'il voulait livrer.

Deux fois, le soir, il vint sur les glacis de cette porte. Il s'y promenait, sans crainte de se découvrir aux coups des assiégeants. Il savait bien qu'il n'était pas exposé, et même qu'il était reconnu. Il avait entrevu une ombre qui se glissait jusqu'au pied des terrassements.

Sangarre, risquant sa vie, venait essayer de se mettre en communication avec Ivan Ogareff. Du haut des glacis, un billet tomba entre les mains de Sangarre.

C'était le lendemain, dans la nuit du 5 au 6 octobre, à deux heures du matin, qu'Ivan Ogareff avait résolu de livrer Irkoutsk.

XIV

LA NUIT DU 5 AU 6 OCTOBRE

Le plan d'Ivan Ogareff avait été combiné avec le plus grand soin, et, sauf des chances improbables, il devait réussir. Il importait que la porte de Bolchaïa fût libre au moment où il la livrerait. Aussi, à ce moment, était-il indispensable que l'attention des assiégés fût attirée sur un autre point de la ville. De là, une diversion convenue avec l'émir.

On était au 5 octobre. Avant vingt-quatre heures, la capitale de la Sibérie orientale devait être entre les mains de l'émir, et le grand-duc au pouvoir d'Ivan Ogareff.

Pendant cette journée, un mouvement inaccoutumé se produisit au camp de l'Angara.

Ivan Ogareff ne cacha point au grand-duc qu'il y avait quelque attaque à craindre. Il savait, disait-il, qu'un assaut devait être donné, en amont et en aval de la ville, et il conseilla au grand-duc de renforcer ces deux points plus directement menacés.

Le préparatifs observés venant à l'appui des recommandations faites par Ivan Ogareff, il était urgent d'en tenir compte.

C'était précisément ce que voulait Ivan Ogareff. Il ne comptait évidemment pas que la porte de Bolchaïa resterait sans défenseurs, mais ceux-ci n'y seraient plus qu'en petit nombre.

Aucun incident ne se produisit jusqu'à minuit. Du côté de l'est, au-delà de la porte de Bolchaïa, calme complet. Pas un feu dans ce massif des forêts qui se confondaient à l'horizon avec les basses nuées du ciel.

Au camp de l'Angara, agitation assez grande, attestée par le fréquent déplacement des lumières.

Une heure s'écoula encore. Rien de nouveau.

Le grand-duc, le général Voranzoff, leurs aides de camp, attendaient donc, prêts à donner leurs ordres suivant les circonstances.

Ogareff occupait une chambre du palais.

Il attendait, dans les ténèbres, comme un fauve prêt à s'élancer sur une proie.

Cependant, quelques minutes avant deux heures, le grand-duc demanda que Michel Strogoff, c'était le seul nom qu'il pût donner à Ivan Ogareff, lui fût amené. Un aide de camp vint jusqu'à sa chambre, dont la porte était fermée. Il l'appela...

Ivan Ogareff, immobile près de la fenêtre et invisible dans l'ombre, se garda bien de répondre.

On rapporta donc au grand-duc que le courrier du czar n'était pas en ce moment au palais.

Deux heures sonnèrent. C'était le moment de provoquer la diversion convenue avec les Tartares, disposés pour l'assaut.

Ivan Ogareff ouvrit la fenêtre de sa chambre, et il alla se poster à l'angle de la terrasse latérale.

Il tira une amorce de sa poche, l'enflamma et la lança dans le fleuve...

C'était par ordre d'Ivan Ogareff que des torrents d'huile minérale avait été lancés à la surface de l'Angara!

A ce moment même, la fusillade éclata au nord et au sud de la ville. Les batteries du camp de l'Angara tirèrent à toute volée. Plusieurs milliers de Tartares se précipitèrent à l'assaut des terrassements.

La diversion qu'il avait imaginée était terrible. Les défenseurs d'Irkoutsk se voyaient entre l'attaque des Tartares et les désastres de l'incendie.

La porte de Bolchaïa était presque libre. C'est à peine si l'on y avait laissé quelques défenseurs.

Ivan Ogareff rentra dans sa chambre. Puis il se disposa à sortir.

Mais, à peine avait-il ouvert la porte, qu'une femme se précipitait dans cette chambre, les vêtements trempés, les cheveux en désordre.

—Sangarre ! s'écria Ivan Ogareff.

Ce n'était pas Sangarre, c'était Nadia.

Au moment où, réfugiée sur le glaçon, la jeune fille avait jeté un cri en voyant l'incendie se propager avec le courant de l'Angara, Michel Strogoff l'avait saisie dans ses bras, et il avait plongé avec elle pour chercher dans les profondeurs mêmes du fleuve un abri contre les flammes.

Après avoir nagé sous les eaux, Michel Strogoff était parvenu à prendre pied sur le quai avec Nadia.

Moins de dix minutes après, tous deux arrivaient à l'entrée du palais.

Michel Strogoff et Nadia entrèrent sans difficulté dans ce

palais, ouvert à tous. Au milieu de la confusion générale, nul ne les remarqua, bien que leurs vêtements fussent trempés.

Nadia courait, éperdue, à travers les salles basses, appelant son compagnon, demandant à être conduite devant le grand-duc.

Une porte, donnant sur une chambre inondée de lumière, s'ouvrit devant elle. Elle entra.

—Ivan Ogareff! s'écria-t-elle.

Ivan Ogareff tira un poignard de sa ceinture, s'élança sur Nadia et l'accula dans un angle de la salle.

C'en était fait d'elle, lorsque le misérable, soulevé soudain par une force irrésistible, alla rouler à terre.

—Michel! s'écria Nadia.

C'était Michel Strogoff.

Michel Strogoff avait entendu l'appel de Nadia. Guidé par sa voix, il était arrivé jusqu'à la chambre d'Ivan Ogareff et il était entré par la porte demeurée ouverte.

—Ne crains rien, Nadia, dit-il se plaçant entre elle et Ivan Ogareff.

—Ah! s'écria la jeune fille, prends garde, frère!... Le traître est armé!... Il voit clair, lui!...

Ivan Ogareff s'était relevé, et, croyant avoir bon marché de l'aveugle, il se précipita sur Michel Strogoff.

Mais, d'une main, l'aveugle saisit le bras du clairvoyant, et de l'autre, détournant son arme, il le rejeta une seconde fois à terre.

Ivan Ogareff, pâle de fureur et de honte, se souvint qu'il portait une épée. Il la tira du fourreau et revint à la charge.

Il fit un bond et porta en pleine poitrine un coup de son épée à Michel Strogoff.

Un mouvement imperceptible du couteau de l'aveugle détourna le coup. Michel Strogoff n'avait pas été touché, et, froidement, il sembla attendre, sans même la défier, une seconde attaque.

Tout à coup, Ivan Ogareff jeta un cri. Une lumière inattendue s'était faite dans son cerveau.

—Il voit, s'écria-t-il, il voit!...

Alors, la statue s'anima, l'aveugle marcha droit à Ivan Ogareff, et, se plaçant en face de lui:

—Oui, je vois! Je vois le coup de knout dont je t'ai marqué, traître et lâche! Je vois la place où je vais te frapper! Défends ta vie! C'est un duel que je daigne t'offrir! Mon couteau me suffira contre ton épée!

Ivan Ogareff se précipita l'épée en avant sur son impassible adversaire. Les deux lames se croisèrent, mais au choc du couteau de Michel Strogoff, l'épée vola en éclats, et le misérable, atteint au cœur, tomba sans vie sur le sol.

A ce moment, la porte de la chambre, repoussée du dehors, s'ouvrit. Le grand-duc, accompagné de quelques officiers, se montra sur le seuil.

Le grand-duc, s'avança. Il reconnut à terre le cadavre de celui qu'il croyait être le courrier du czar.

—Qui a tué cet homme? demanda-t-il d'une voix menaçante.

—Moi, répondit Michel Strogoff.

—Ton nom? demanda le grand-duc, avant de donner l'ordre de lui fracasser la tête.

—Altesse, répondit Michel Strogoff, demandez-moi plutôt le nom de l'homme étendu à vos pieds!

—Cet homme, je le reconnais! C'est un serviteur de mon frère! C'est le courrier du czar!

—Cet homme, Altesse, n'est pas un courrier du czar! C'est Ivan Ogareff!

—Ivan Ogareff? s'écria le grand-duc.

—Oui, Ivan le traître!

—Mais toi, qui es-tu donc?

—Michel Strogoff!

XV

CONCLUSION

Michel Strogoff n'était pas, n'avait jamais été aveugle. Un phénomène purement humain, à la fois moral et physique, avait neutralisé l'action de la lame incandescente que l'exécuteur de Féofar avait fait passer devant ses yeux.

On se rappelle qu'au moment du supplice Marfa Strogoff était là, tendant les mains vers son fils. Michel Strogoff la regardait comme un fils peut regarder sa mère, quand c'est pour la dernière fois. Remontant à flots de son cœur à ses yeux, des larmes s'étaient amassées sous ses paupières et, en se volatilisant sur la cornée, lui avaient sauvé la vue. La couche de vapeur formée par ses larmes, s'interposant entre le sabre ardent et ses prunelles, avait suffi à annihiler l'action de la chaleur.

Michel Strogoff avait immédiatement compris le danger qu'il aurait couru à faire connaître son secret à qui que ce fût. Il avait senti le parti qu'il pourrait, au contraire, tirer de cette situation pour l'accomplissement de ses projets. C'est parce qu'on le croirait aveugle qu'on le laisserait libre. Il fallait donc qu'il fût aveugle, qu'il le fût pour tous, même pour Nadia, qu'il le fût partout en un mot, et que pas un geste, à aucun moment, ne pût faire douter de la sincérité de son rôle. Seule sa mère connaissait la vérité, et c'était sur la place même de Tomsk qu'il la lui avait dite à l'oreille, quand, penché dans l'ombre sur elle, il la couvrait de ses baisers.

On comprend, dès lors, que lorsque Ivan Ogareff avait placé la lettre impériale devant ses yeux qu'il croyait éteints, Michel Strogoff avait pu lire, avait lu cette lettre qui dévoilait les odieux desseins du traître. De là, cette énergie qu'il déploya pendant la seconde partie de son voyage. De là, cette indestructible volonté d'atteindre Irkoutsk et d'en arriver à remplir de vive voix sa mission.

En quelques mots, toute cette histoire fut racontée au grand-duc, et Michel Strogoff dit aussi, et avec quelle émotion! la part que Nadia avait prise à ces événements.

—Quelle est cette jeune fille? demanda le grand-duc.

—La fille de l'exilé Wassili Fédor, répondit Michel Strogoff.

—La fille du commandant Fédor, dit le grand-duc, a cessé d'être la fille d'un exilé. Il n'y a plus d'exilés à Irkoutsk!

Nadia, moins forte dans la joie qu'elle ne l'avait été dans la douleur, tomba aux genoux du grand-duc, qui la releva d'une main, pendant qu'il tendait l'autre à Michel Strogoff.

Une heure après, Nadia était dans les bras de son père.

Michel Strogoff, Nadia, Wassili Fédor étaient réunis. Ce fut, de part et d'autre, le plein épanouissement du bonheur.

Les Tartares avaient été repoussés dans leur double attaque contre la ville.

En même temps que les Tartares étaient refoulés, les assiégés se rendaient maîtres de l'incendie.

Avant le jour, les troupes de Féofar-Khan étaient rentrées dans leurs campements, laissant bon nombre de morts sur le revers des remparts.

Au nombre des morts était la tsigane Sangarre, qui avait essayé vainement de rejoindre Ivan Ogareff.

Pendant deux jours, les assiégeants ne tentèrent aucun nouvel assaut. Ils étaient découragés par la mort d'Ivan Ogareff.

Cependant, les défenseurs d'Irkoutsk se tinrent sur leurs gardes, et l'investissement durait toujours.

Mais le 7 octobre, dès les premières lueurs du jour, le canon retentit sur les hauteurs qui environnent Irkoutsk.

C'était l'armée de secours qui arrivait sous les ordres du général Kisselef et signalait ainsi sa présence au grand-duc.

Les Tartares n'attendirent pas plus longtemps. Ils ne voulaient pas courir la chance d'une bataille livrée sous les murs de la ville, et le camp de l'Angara fut immédiatement levé.

Irkoutsk était enfin délivrée.

Avec les premiers soldats russes, deux amis de Michel Strogoff étaient entrés, eux aussi, dans la ville. C'étaient les inséparables Blount et Jolivet. En gagnant la rive droite de l'Angara par le barrage de glace, ils avaient pu s'échapper, ainsi que les autres fugitifs, avant que les flammes de l'Angara eussent atteint le radeau.

Leur joie fut grande à retrouver sains et saufs Nadia et Michel Strogoff, surtout lorsqu'ils apprirent que leur vaillant compagnon n'était pas aveugle.

La campagne fut mauvaise pour l'émir et ses alliés. Ils se trouvèrent bientôt coupés par les troupes du czar, qui reprirent successivement toutes les villes conquises. En outre, l'hiver fut terrible, et de ces hordes, décimées par le froid, il ne rentra qu'une faible partie dans les steppes de la Tartarie.

Le grand-duc avait hâte de retourner à Moscou, mais il retarda son voyage pour assister à une touchante cérémonie.

Michel Strogoff avait été trouver Nadia, et, devant son père, il lui avait dit:

—Je ne crois pas que Dieu, en nous mettant en présence, en nous faisant traverser ensemble de si rudes épreuves, ait voulu nous réunir autrement que pour jamais.

—Ah! fit Nadia en tombant dans les bras de Michel Strogoff.

Et se tournant vers Wassili Fédor:

—Mon père! dit-elle toute rougissante.

—Nadia, lui répondit Wassili Fédor, ma joie sera de vous appeler tous les deux mes enfants!

La cérémonie du mariage se fit à la cathédrale d'Irkoutsk.

Alcide Jolivet et Harry Blount assistaient naturellement à ce mariage.

—On parle de difficultés qui vont surgir entre Londres et Pékin. Est-ce que vous n'avez pas envie d'aller voir ce qui se passe par là? demanda Harry Blount.

—Eh! parbleu, mon cher Blount, s'écria Alcide Jolivet, j'allais vous le proposer.

Et voilà comment les deux inséparables partirent pour la Chine!

Quelques jours après la cérémonie, Michel et Nadia Strogoff, accompagnés de Wassili Fédor, reprirent la route d'Europe.

A Omsk, la vieille Marfa les attendait dans la petite maison des Strogoff.

Après quelques jours passés à Omsk, Michel et Nadia Strogoff rentrèrent en Europe, et, Wassili Fédor s'étant fixé à Saint-Pétersbourg, ni son fils ni sa fille n'eurent d'autre occasion de le quitter que pour aller voir leur vieille mère.

Le jeune courrier avait été reçu par le czar, qui l'attacha spécialement à sa personne et lui remit la croix de Saint-Georges.

Michel Strogoff arriva, par la suite, à une haute situation dans l'empire.

TABLE DES MATIÈRES

PREMIÈRE PARTIE

Une fête au Palais-Neuf 7
Russes et Tartares 15
Michel Strogoff 23
De Moscou à Nijni-Novgorod 31
Un arrêté en deux articles 41
Frère et sœur 47
En descendant le Volga 51
En remontant la Kama 55
En tarentass nuit et jour 59
Un orage dans les monts Ourals 65
Voyageurs en détresse 71
Une provocation 81
Au-dessus de tout, le devoir 87
Mère et fils 91
Un dernier effort 97
Versets et chansons 103

DEUXIÈME PARTIE

Un camp tartare 109
Une attitude d'Alcide Jolivet 111
Coup pour coup 119
L'entrée triomphale 125
«Regarde de tous tes yeux, regarde!» 129
Un ami de grande route 135
Le passage de l'Yeniseï 141
Un lièvre qui traverse la route 147
Dans la steppe 153
Baïkal et Angara 159
Entre deux rives 163
Irkoutsk 167
Un courrier du czar 173
La nuit du 5 au 6 octobre 179
Conclusion 185

TITRES DE LA COLLECTION

L'ÎLE MYSTÉRIEUSE
(Jules Verne)
LES ENFANTS DU CAPITAINE GRANT
(Jules Verne)
UN CAPITAINE DE QUINZE ANS
(Jules Verne)
ROBINSON CRUSOÉ
(Daniel Defoe)
LES QUATRE FILLES DU DOCTEUR MARCH
(Louisa May Alcott)
DAVID COPPERFIELD
(Charles Dickens)
BEN HUR
(Lewis Wallace)
MOBY DICK
(Herman Melville)
IVANHOÉ
(Walter Scott)
L'ÎLE AU TRÉSOR
(Robert Louis Stevenson)
MICHEL STROGOFF
(Jules Verne)
LES AVENTURES DE SHERLOCK HOLMES
(Conan Doyle)

LA CASE DE L'ONCLE TOM
(Harriet Beecher Stowe)
VINGT MILLE LIEUES SOUS LES MERS
(Jules Verne)
LE TOUR DU MONDE EN 80 JOURS
(Jules Verne)
LES DERNIERS JOURS DE POMPÉI
(Sir Ed. Bulwer Lytton)
TOM SAWYER DÉTECTIVE
(Mark Twain)
LES AVENTURES DE TOM SAWYER
(Mark Twain)
VOYAGE AU CENTRE DE LA TERRE
(Jules Verne)
UN YANKEE À LA COUR DU ROI ARTHUR
(Mark Twain)